바늘장군 김돌쇠

 青소년시대 06

청소년시대 06

바늘장군 김돌쇠

초판 4쇄 2020년 8월 5일
초판 1쇄 2018년 4월 16일

지은이 하신하 | 그린이 장선환 | 감수 김해규
펴낸이 박강희 | 펴낸곳 도서출판 논장 | 등록 제10-172호·1987년 12월 18일
주소 10881 경기도 파주시 회동길 329 | 전화 031-955-9164 | 팩스 031-955-9167
ISBN 978-89-8414-318-0 43810
ⓒ 하신하, 2018

이 도서의 국립중앙도서관 출판예정도서목록(CIP)은 서지정보류통지원시스템 홈페이지(http://seoji.nl.go.kr)와
국가자료공동목록시스템(http://www.ni.go.kr/kolisnet)에서 이용하실 수 있습니다.(CIP제어번호: CIP2018010717)

바늘장군 김돌쇠

하신하 지음

장선환 그림 ─ 김해규 감수

논장

차례

작가의 말
이야기의 싹이 자라 나무가 되었듯이!

추천의 말
역사의 진정한 주인공은 누구인가?

1592년 일본군이 쳐들어오면서 시작된
임진왜란은 1597년 정유년의 재침으로
1598년까지 7년 동안 조선 땅에서 치러졌다.
이 이야기는 1597년, 정유재란 당시
지금의 경기도 평택의 소사벌에서 벌어진 소사벌 전투에서
바늘로 일본군을 물리친 김돌쇠의 활약을 담았다.
김돌쇠는 역사에는 기록되지 않았지만
백성들의 입에서 입으로 전해 내려오는 인물이다.

『나라가 있어야 우리도 살아.』

『임금님도 백성을 버리고 도망쳤다고!』

『우리가 가서 충심으로 싸워야 임금님을 다시 모셔 올 수 있어.』

『도대체 누굴 위한 충이냐고!』

『임금님 때문만이 아니야. 우리 가족을 위해서 나가는 거야. 이 땅을 지켜야 우리가 사니까. 아버지에 대한 충이고, 어머니를 향한 충이고, 너를 위한 충이야. 그리고 무엇보다 나 자신에 대한 충이다.』

- 중략 -

『피해야지. 우리 같이 도망치자.』

『이 땅을 버리고 어디로 피하게? 다른 산은 안전하겠니? 거기는 곰과 호랑이가 없겠어? 여기가 우리 목숨 줄이야.』

『토끼가 사냥꾼을 만나면 곧장 굴로 들어가지 않고 왜 그렇게 죽도록 이리 뛰고 저리 뛰는 줄 알아? 굴 안에 있는 토끼들에게 더 깊이 숨으라고 알리려고 그러는 거야. 그게 토끼가 할 수 있는 최선의 충이야. 다른 사람들이 피할 시간을 벌 수 있다면 그것만으로도 나는 됐어. 내가 죽는다 해도 넌 살릴 수 있을 테니까.』

1
봄

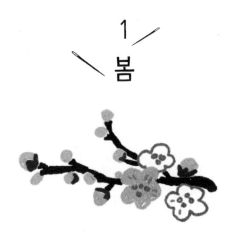

"강쇠야, 강쇠야."

어머니가 부르는 소리가 계속 귓가를 맴돌았지만 깊은 잠에 빠진 강쇠는 눈을 뜨지 못했다. 이른 새벽이라 달라붙은 눈꺼풀은 떨어질 줄 몰랐다.

"얘야, 강쇠야."

후끈한 손길을 느낀 강쇠는 흠칫 놀라 눈을 떴다. 어깨를 흔드는 손에서 뜨겁고 축축한 기운이 전해졌다. 강쇠는 벌떡 일어나 앉았다. 새벽 어스름이라 어두웠지만 어머니가 힘겹게 앉아 있다는 것은 확실했다.

강쇠는 손을 들어 어머니의 얼굴을 더듬었다. 어금니를 앙다

문 어머니의 얼굴에서 흘러내린 진땀이 강쇠의 손을 축축하게 적셨다. 어둠에 익숙해진 강쇠의 눈에 남산만 한 배를 붙잡고 힘겨워하는 어머니의 모습이 들어왔다.

강쇠는 어머니의 배 속에 있는 아기가 나오려고 한다는 걸 알아챘다.

"다음 달 보름에나 나올 거라고 했잖아요."

"자, 자하골에 갔다 올 수 있겠니?"

강쇠는 얼른 아버지의 잠자리를 바라보았다. 이부자리가 보이지 않았다. 어제 온양장에 간다고 길을 나선 아버지는 아직 돌아오지 않았다.

"자하골 할머니를 모셔 와. 엊저녁부터라고……."

"엊저녁부터요?"

어머니는 숨을 토해 내며 고개를 끄덕였다.

강쇠는 어머니가 산통에 시달리는 동안 세상모르게 잠에 빠져 있던 자신이 미련퉁이처럼 여겨졌다. 강쇠는 벌떡 일어나 밖으로 나왔다. 동틀 무렵이었지만 주위는 아직 어두웠다. 강쇠는 마루 밑에 놓인 짚신을 꿰 차고 뛰기 시작했다.

자하골은 강쇠네에서 꽤 멀었다. 강쇠가 사는 용골을 지나 버드나무가 잔뜩 늘어진 개울을 건너 커다란 느티나무가 버티고 있는 마을 입구까지 한참을 가야 닿는 곳이다. 자하골에서도 맨 끝자락에 아기도 받아 주고, 아픈 사람도 돌봐 주는 할머니가 사는 집이 있다.

강쇠는 뛰었다. 조금이라도 늦으면 어머니가 죽을지도 모른다는 생각에 잠시도 쉴 수 없었다. 자신의 뜀박질에 동생의 생명이 달렸다고 여기고 뛰었다. 다리가 끊어질 듯 아프고, 심장이 터질 것 같아도 뛰었다. 버드나무길은 이렇게 어두울 때는 마치 머리를 풀어 헤친 처녀귀신들이 쫓아오는 것만 같이 무섭다. 강쇠는 버드나무길에서는 아예 눈을 질끈 감고 전속력으로 내달렸다. 진달래가 많이 필 땐 보랏빛 노을처럼 온 동네를 감싸서 자하골인데, 어느새 야들야들한 진달래꽃이 진 자리에 초록잎이 무성했다. 느티나무를 지나 할머니가 사는 집의 울타리 앞에 다다랐을 때는 다리에서 어떤 감각도 느껴지지 않았다.

강쇠는 닫힌 울타리를 타고 넘어가 방문을 두드렸다.

"하! 하! 학!"

숨만 토해질 뿐 말이 나오지 않았다. 침을 삼키고 다시 문을 두드렸다.

"하, 할머니!"

잠시 후, 방문이 열리고 자하골 할머니가 부스스한 얼굴을 내밀었다. 강쇠를 한참 바라보던 할머니가 천천히 말했다.

"용골 김 서방네 강쇠구나!"

"아기가 나오려고 해요."

"벌써 해산달이 찼나?"

할머니는 달수를 확인하려는 듯 손가락 마디를 짚어 가며 셈을 셌다.

"아기가 지금 나오려고 한다고요."

"녀석 꽤나 급하네."

"엊저녁부터 나오려고 했대요. 성질이 진짜 급한가 봐요."

"아기 말고 너 말이다, 이 녀석아."

"빨리요, 할머니. 울 엄마 죽어요."

"네가 먼저 죽겠다. 예까지 뛴 모양인데 채비할 동안 물이나 마시고 숨 좀 돌려라."

강쇠는 부엌으로 들어가 물동이에 담긴 물을 떠서 벌컥벌컥 들이켰다. 물을 마신 강쇠가 다시 마루로 나왔지만 할머니는 아직도 방 안에서 꿈쩍도 하지 않았다. 보퉁이에 물건 몇 가지를 싸는데 왜 이리 오래 걸리는지 강쇠는 도저히 기다리고 있을 수가 없었다.

"아버지도 안 계신단 말예요."

"온양 사구장에 갔구먼."

강쇠는 할머니가 밖에 나오자마자 신을 수 있도록 짚신을 마루 위에 올려놓고 재촉했다.

"빨리 나오세요."

할머니와 함께 집으로 가는 길이 강쇠에게는 조금 전에 혼자 달릴 때보다 훨씬 더 힘들었다. 할머니는 도통 뛰지 못했기 때문이다. 강쇠는 혹시 보퉁이가 없으면 조금 더 빨리 뛰려나 싶어 할머니의 보퉁이를 낚아채 들었다. 나중에는 보퉁이로 할머니의 엉덩이를 밀다시피 집으로 향했다.

강쇠와 할머니가 집에 도착했을 때는 햇살이 마당까지 들어온 이른 아침이었다. 그러나 강쇠에게는 해가 중천에 떠오른 것처럼 길게만 느껴졌다. 어머니는 벌써 많이 지쳐 있었다. 그래도 자하골 할머니가 와서 얼마나 다행인가. 강쇠는 집에 자기 말고 어른이 있다는 것만으로도 든든했다.

산모가 있는 방 안에서 할머니는 조금 전의 느려 터진 거북이가 아니었다. 수백 번은 해 봐서 이런 건 일도 아니라는 듯이 척척 움직였다. 할머니는 어머니의 배를 만져 가며 아기가 건강하니 걱정 말라고 어머니를 안심시켰다. 그러곤 강쇠에게 일거리를 주었다.

"넌 나가서 불 피우고 물 끓여라."

강쇠는 뭔가 할 일이 주어졌다는 게 감사했다. 불쏘시개를 아끼지 않고 아궁이에 잔뜩 넣어 불을 피우고 가마솥에 물을 올렸다. 가마솥에 한가득 쏟아부은 물이 끓을 때까지도 아기는 나오지 않았다. 새벽에는 당장 나올 것 같았는데 왜 나오지 않는 건지 불안했다. 마음이 조급하고 불안해서 가만히 앉아 있을 수가 없었다. 강쇠는 짬짬이 울타리 너머 동구 밖 쪽을 바라보았다. 아버지가 오실 기미는 보이지 않았다.

강쇠는 장작이 잘 타는지 확인하고 다시 마당에 나와 서성거리길 반복했다. 혹시 물이 부족할까 동이 가득 물을 채웠다.

싸리문이 열리는 소리에 밖을 내다보자 조금 전까지 아무 기미가 없었는데, 어느새 아버지가 마당에 서 있었다. 강쇠는 얼른 아버지에게 다가가서 허리춤에 안겼다. 아버지의 커다란 손이 강쇠의 어깨를 끌어당겼다. 아버지의 손은 묵직했다.

"애썼다."

아버지가 던진 이 한마디에 강쇠는 다리 힘이 풀렸다. 아버지 손에 기다란 마른미역 줄기가 들려 있었다. 아버지가 둘러멘 봇짐 안에서는 비릿한 고기 냄새가 났다. 그제야 강쇠는 아버지가 급하게 멀리 온양장까지 가신 이유를 알았다. 아기가 일찍 나올 것을 대비해 다녀오신 것이다.

아버지가 부산하게 움직이기 시작했고, 강쇠는 할 일 없이 마루 끝에 걸터앉았다. 짚신 밖으로 삐져나온 발가락이 검붉었다. 어딘가에 부딪쳐 피가 났던 모양이다. 짚신을 벗으려고 하자 피가 말라붙은 자리가 쓰라렸다. 언제 어디서 어떻게 다쳤는지 기억도 나지 않았다.

잠시 후, 아기 울음소리가 들렸다. 드디어 강쇠의 동생이 태어난 것이다. 아버지가 방 앞으로 뛰어왔고, 강쇠는 댓돌 위에 내려섰다. 강쇠는 얼른 우물가로 뛰어갔다. 새까매진 손과 땀에 전 얼굴을 깨끗이 씻었다. 물이 닿아 쓰라린 것은 신경 쓰지 않고

발도 씻었다. 동생과의 첫 만남인데, 깨끗하고 잘난 모습을 보여
주고 싶었다.

강쇠가 방에 들어가자 아버지가 아기를 안고 있었다. 아버지
는 강보에 싸인 아기를 보여 주며 말했다.

"네 동생이다."

"작아요."

"그래, 달을 못 채우고 나와서 작구나."

아버지가 안아 보라는 듯 아기를 내밀었다. 강쇠는 아기를 소
중히 받아 안고 들여다보았다. 아기는 덜 익은 채 쪼개진 석류처
럼 붉기도 하고 희기도 했다. 덜 마른 곶감처럼 쭈글쭈글하고 홍
시처럼 말랑말랑했다. 강쇠는 아기의 볼에 손가락을 댔다. 아기
의 촉감과 체온이 그대로 전해졌다. 강쇠가 아버지를 바라보며
말했다.

"예뻐요."

아버지가 환하게 웃었다.

"서로 의지하며 평생 함께할 형제야. 동생 잘 돌봐야 한다."

"네, 전 형이니까요."

강쇠는 꽉 쥔 동생의 주먹을 살살 쓰다듬으며 평생 잘 돌보겠
다고 굳게 속다짐했다.

아버지는 강쇠에게서 아기를 받아 안고 낮은 목소리로 타이르
듯 말했다.

"너도 형을 잘 따라야 한다. 굳센 바위처럼 오달지게* 자라거라, 돌쇠야."

1582년, 갓 숨을 터트린 생명들이 켜는 기지개에 눈이 부신 조선의 4월이었다.

---

* '오달지다'는 허술한 데가 없이 야무지고 알차다는 뜻이다.

2
가족

　용골은 영인지맥의 줄기인 영인산에서 연결된 연암산 자락의
마을이다. 옆으로는 충청도 직산현을, 위로는 경기도 소사벌을
둔 자리에 용 두 마리가 품고 있듯이 놓여 있다. 용골 사람들은
산에서 내려오는 계곡의 물을 받아 서로 도와 가며 농사를 짓고
살아왔다. 하늘이 홍수나 심한 가뭄을 내리지 않고, 사람이 게으
르지 않다면 서로 정을 나누며 살 수 있는 곳이었다.

　용골에서 대대로 살아온 강쇠 아버지는 부지런하고 성실한 농
부였다. 아버지는 말이 많으면 실수를 낳지만 손이 정직하면 생
명을 살린다고 믿는 사람이었다. 아버지는 누구보다 일찍 일어
나 하루를 시작하고, 다른 집보다 먼저 농사일을 시작했다. 강쇠

네가 논에 물을 대면 동네 어른들이 수군거렸다.

"볍씨 뿌릴 때가 됐나 보구먼!"

동네의 크고 작은 일에 늘 불려 다녔기 때문에 아버지는 집안 일을 일찍 끝내 놔야 했다. 한겨울이 오기도 전에 강쇠 아버지가 산으로 나무를 하러 가면 동네 아주머니들은 남편을 채근하기 시작했다.

"올해는 일찍 추워지려나 보네. 눈이 오기 전에 나무 좀 해 오시구려."

집에 땔감을 넉넉하게 쌓아 놓은 강쇠 아버지는 혼자 사는 어르신 댁과 남자 없는 과붓집에 땔감을 부려 주었다. 강쇠네는 그리 넓진 않아도 자기 땅에 농사를 짓는 자작농이었다. 황부자처럼 천석지기는 아니어도 남부러울 것 없는 농사꾼이었다.

더구나 강쇠 어머니는 솜씨 좋기로 유명한 바느질꾼이었다. 강쇠 어머니가 만든 옷은 바느질 땀이 보이지 않아 어디가 앞이고 뒤인지 쉽게 분간이 가지 않았다. 안감과 겉감이 마치 풀로 붙인 듯 튼튼했고, 그 위에 세심하게 수놓은 자수는 단아하고 아름다웠다. 강쇠 어머니의 야무지고 단정한 솜씨는 동네에서 최고로 손꼽혔기 때문에 혼인이라든지 초상이 났을 때는 밤을 새워서 바느질을 해야 할 정도였다.

강쇠네가 다른 집에 비해 걱정거리가 있다면 자손이 귀하다는 것이었다. 강쇠 아버지와 어머니는 둘 다 건강하고 사이가 좋은

데도 자식이라고는 외동아들인 강쇠뿐이었다. 다른 집에서는 하루가 멀다 하고 아이들이 싸우고, 어른들이 자식들을 때리는 소리가 들려왔지만 강쇠네는 조용했다.

강쇠 아버지는 강쇠에게 큰소리도 내지 않았다. 말수가 적고 몸이 다부진 사내인 강쇠 아버지는 동네 아이들에게도 어리다고 함부로 대하는 법이 없었다. 더구나 강쇠는 두 번 이야기할 필요가 없을 정도로 엽렵한* 아이였다. 살림살이가 팍팍하지 않았고 돌보아야 할 자식도 강쇠뿐이었던 강쇠 어머니는 남편과 강쇠뿐만 아니라 다른 아이들에게도 늘 살갑게 대했다.

온 식구가 집 안에서 아기 소리가 들리기를 기다렸지만 그 누구보다 애타게 동생을 기다린 사람은 강쇠였다. 아버지를 닮아 말수가 적은 강쇠는 동생을 달라고 부모님을 졸라 대지 않았다. 그렇지만 형제들과 함께 들과 산에서 뛰어노는 동무들이 늘 부러웠다. 동무들이 허연 김치 한 조각이라도 더 먹기 위해 형제지간에 밥상머리에서 싸워 가며 먹는 밥이 그렇게 맛나 보일 수가 없었다. 강쇠에겐 여섯 살이 돼서야 생긴 동생이 그 무엇보다 소중했다. 동생이 태어났을 뿐인데, 천군만마를 얻어 천하무적이 된 기분이었다. 외삼촌에게 들은, 《삼국지연의》에서 관운장이 적토마를 얻었을 때 심정이 이와 같을까 싶었다.

---

* '엽렵하다'는 슬기롭고 민첩하다는 뜻이다.

강쇠는 돌쇠에게서 눈을 떼지 않고 돌보았다. 돌쇠 역시 기기 시작하면서부터 어린 강아지가 어미 개를 따라다니듯 강쇠를 따랐다. 강쇠는 병아리를 품는 암탉처럼 돌쇠를 돌보았다.

돌쇠를 힘들게 하는 존재는 뜻밖에도 동네 대장장이의 외동 딸 꽃분이였다. 대장장이의 아내는 힘겹게 첫딸을 낳고 시름시름 앓다가 열아흐레 만에 죽었다. 대장장이가 강쇠 아버지와 친했던 탓에 어린 꽃분이는 자연스럽게 강쇠 어머니 품에서 지내는 시간이 많았다. 사내아이 하나만 키우던 강쇠 어머니는 꽃분이를 친딸처럼 돌보았다. 동생이 없고 성격이 자상한 강쇠도 두 살 어린 꽃분이를 친동생처럼 예뻐했다. 꽃분이 또한 강쇠를 친오빠처럼 따랐다.

강쇠네에서 외동딸처럼 지냈던 꽃분이는 돌쇠가 태어난 것 자체가 마음에 들지 않았다. 강쇠네 가족의 사랑이 돌쇠에게 옮겨가는 것이 싫었다. 꽃분이는 마치 친동생에게 제 몫의 사랑을 빼앗기고 샘을 내는 누이처럼 굴었다. 그렇다고 아무도 그런 꽃분이를 나무라지 않았다.

"엄마, 돌쇠 못생겼어."

꽃분이는 강쇠 어머니를 아예 엄마라고 불렀다.

"그래, 우리 돌쇠 아주 못났네, 못났어. 누굴 닮아 이리 못났을꼬?"

어머니는 힘껏 젖을 빠느라 진땀을 쏟아 내는 돌쇠의 젖은 머리통을 광목으로 쓰다듬었다. 말은 그래도 어머니의 얼굴에서는 흐뭇한 미소가 떠나지 않았다.

그게 더 얄미운 꽃분이는 틈만 나면 돌쇠를 밀치고 꼬집고 할퀴고 깨물었다.

그럴 때면 강쇠가 잽싸게 달려와 돌쇠를 번쩍 안아 올렸다.

"돌쇠 안 때려야 꽃분이랑 놀아 줄 거야."

강쇠는 꽃분이를 친동생 달래듯이 달랬다.

강쇠가 돌쇠를 마루에 내려놓자 꽃분이는 기다렸다는 듯이 강쇠에게 매달렸다. 꽃분이의 매서운 손끝을 피해 돌쇠를 돌보느라 강쇠는 더욱 분주했다.

"강쇠야!"

아버지보다 더욱 늙수그레한 남자가 싸리문을 밀고 들어왔다.

"외삼촌!"

강쇠는 단박에 외삼촌을 알아보고 마루 위에 내려놓았던 돌쇠를 번쩍 안아 올렸다.

외삼촌은 강쇠가 품에 안고 있는 돌쇠를 바라보았다.

"우리 강쇠가 드디어 동생을 봤구나!"

외삼촌이 돌쇠를 받아 안으려 할 때, 꽃분이가 외삼촌의 바짓가랑이를 잡아당겼다.

"어이쿠, 이게 누구야? 우리 꽃분이 이제 시집가도 되겠네!"

꽃분이는 씨익 웃으며 외삼촌을 졸라 대기 시작했다.

"한양 구경! 한양 구경 시켜 줘."

"그래, 그래. 어디 한양 구경 한번 해 볼까?"

외삼촌은 꽃분이를 머리 위로 들어 올렸다. 그러곤 빙글빙글 돌았다.

"어때, 한양이 보이냐?"

"아니, 안 보여."

외삼촌은 꽃분이를 더 높이 들고 더 빨리 돌기 시작했다.

"자, 임금님 계신 궁궐이 보이지?"

"응, 보여! 보여!"

"아이고, 어지럽다. 궁궐 무너진다!"

외삼촌은 꽃분이를 안고 땅바닥에 털썩 주저앉았다. 꽃분이는 더욱 기분이 좋아 까르르 웃었다. 꽃분이와 놀아 준 뒤에야 외삼촌은 돌쇠를 안을 수 있었다. 외삼촌의 품에 안긴 돌쇠는 손에 닿는 대로 외삼촌의 수염을 잡아당겼다.

"어이쿠야, 수염 다 빠지겠다. 이 녀석 손아귀 힘이 보통이 아닌 게 장군감이야! 장군감!"

말은 그렇게 하면서도 외삼촌은 오히려 돌쇠가 수염을 잡아당기기 쉽게 얼굴을 더 들이밀어 주었다.

그날 밤, 아버지와 외삼촌은 술상을 마주 보고 앉았고, 어머니와 강쇠도 옆에 앉았다. 돌쇠는 어머니 품에 안겨 자기 손을 입 안에 집어넣고 빨아 댔다.

아버지가 외삼촌에게 술을 따랐다.

"형님도 이제 자리를 잡으셔야지요."

"난 이렇게 돌아다니는 게 좋네. 한곳에 있으면 답답해서 아주 죽을 맛인 게 아무래도 역마살이 낀 모양이야."

어머니가 걱정을 감추지 않고 말했다.

"저한테 형제라곤 오라버니뿐이에요. 오라버니가 이렇게 피붙이 하나 없이 봇짐장수로 돌아다니기만 해서 어떡해요."

"아, 나한테는 이 애들이 있잖아. 이제 피붙이가 하나 더 늘었구나!"

외삼촌은 강쇠와 돌쇠를 바라보며 흐뭇한 미소를 지었다.

어머니는 더욱 걱정스러운 기색으로 말했다.

"오라버니가 그 자리에서 그렇게 물러나는 게 아니었어요."

"난 이게 좋아. 그동안 뭐 하러 양반들 눈치 보며 나랏일을 했나 모르겠다. 이렇게 사니까 맘도 편하고 좋구먼."

외삼촌 임행은 본래 중인 집안에서 태어난 역관이었다. 명나라 말에 능통했고, 왜의 말도 어느 정도는 알아들었다. 그러나 몇 해 전에 역관 자리에서 물러났다. 명나라 조공 때 사신을 따라 명에 드나들던 역관들이 사리사욕을 채우기 위해 나라에서 금지한 장사를 한 게 들통이 났기 때문이었다. 몰래 인삼을 판 것이다. 역관들 사이에서 암암리에 이뤄지던 일들이었다. 임행을 포함한 대부분의 역관들이 이 사건에 연루됐지만 먹여 살려야 할 처자식이 없던 임행이 책임을 지고 자리에서 물러났다. 정확하게 말하면 물러난 게 아니라 비리 역관으로 몰려 쫓겨난 것이다.

그 뒤 임행은 전국을 돌아다니며 값나가는 특산품을 사다가 부산과 한양의 역관들에게 팔며 상인으로 자리를 잡았다. 명나라에 갈 역관들에게 필요한 귀중품을 전국에서 사다가 대 주고, 왜인들이 좋아하는 물건을 부산에 가져가 팔기도 했다. 그렇게 해서 번 돈을 전국을 유람하며 놀고먹는 데 썼다. 한 번뿐인 인생이니 즐겨야 한다는 게 임행의 철학이었다.

임행은 양반이나 평민, 심지어 천민과도 격의 없이 지냈다. 부모가 일찍 돌아가셔서 자식처럼 키운 하나뿐인 여동생이 평생을 고되게 일해야 하는 농부와 혼인하려 할 때도 전혀 개의치 않았다. 성실하고 의젓한 강쇠 아버지의 사람 됨됨이를 알아보았기 때문이다.

임행이 오면 아버지는 조선이 어찌 돌아가고 있는지 물었다.

"어떤 양반네가 곧 왜가 쳐들어올 테니 군사 십만을 모아야 한다고 했다는 소문이 파다합니다."

"왜는 전쟁을 하지 않을 걸세. 우리를 거쳐야 명나라 물건을 살 수 있는데 쉽게 전쟁을 하겠나? 우리를 거치지 않고 왜가 명과 거래할 방법이 없잖은가. 왜에서 나는 유황이나 구리, 칼은 명에서 좋아하지 않네. 필요도 없는 물건을 받자고 명이 나서서 왜와 직접 거래를 할 이유가 없는 거지. 그리고 지금 왜 안에서는 칼부림이 한창이라고 하네. 제 코가 석 자인데 전쟁을 일으킬 순 없지. 우리 조정에서도 전쟁이 나도록 가만 보고만 있겠나? 어찌 됐든 조정에서 전쟁만은 막아 내겠지."

어른들의 심각한 대화와 달리 강쇠는 외삼촌의 봇짐에서 눈을 떼지 못했다. 봇짐 안에 어떤 신기한 물건이 들어 있을지 궁금증을 참기 힘들었다. 어린 돌쇠는 어머니의 품에서 기어 나와 외삼촌의 봇짐에 매달려 씨름을 하고 있었다.

"녀석들, 그 속이 그리 궁금하냐?"

임행은 봇짐을 풀어 강쇠에게 정교하게 만든 단도를 주었다.

"왜에서 만든 칼이란다."

강쇠는 단도를 이리저리 살피며 기쁨을 감추지 못했다.

"아주 날카롭고 멋지네요."

외삼촌은 봇짐에서 상자 하나를 꺼내 돌쇠 앞에 내밀었다.

"자, 이건 우리 돌쇠 거다."

돌쇠 대신 어머니가 상자를 받아 열어 보았다. 은수저 열 벌이 들어 있었다.

"놋수저도 아니고 이렇게 귀한 은수저라니."

"요즘 이 은 때문에 명이고 왜고 아주 난리란다. 어찌나 인기가 많은지 어렵게 구했다. 우리 돌쇠도 이제 곧 제 손으로 밥을 먹을 게 아니냐."

외삼촌은 꼼꼼하게 싼 종이 봉지를 아버지 앞에 내놓았다.

봉지에 든 것은 어린아이 손톱만 한 씨앗이었다.

"이게 뭡니까? 콩인가요?"

"그게 명나라 말로는 위수수라고 한다네."

"우수수요?"

"아니, 우수수가 아니라 위수수. 하긴 뭐 아무렇게나 부르면 어떤가. 우수수이든 옥수수든 강냉이든. 명나라 강남에서 왔다는 사람도 있던데 내가 보기엔 아무래도 서역에서 들어온 종자 같아."

"서역의 위수수라……."

"서역보다 더 먼 곳이 있다던데 이 땅덩어리가 얼마나 넓은지가 보지 않았으니 모르지. 그게 척박한 땅에서도 잘 자란다고 하더구먼. 이 땅에 맞을지 모르겠네만 한번 심어 보게. 명에 다녀온 역관이 귀한 거라고 줬는데 떠돌이인 내가 어디다 쓰겠는가? 자네라면 키워 낼 수 있을 거야."

아버지는 옥수수 종자를 유심히 살펴보았다. 새로운 걸 심고 키워 내 보고 싶다는 농부의 근성이 싹터 올랐다.

3
병에 걸린 돌쇠

돌쇠는 형을 따라 산과 들, 개울가를 돌아다니며 자랐다. 허약한 돌쇠에게 터울이 크게 나고 영리한 형의 존재는 언제나 든든한 울타리와 같았다. 강쇠가 일어서면 돌쇠도 따라 일어섰고, 강쇠가 신발을 신으면 돌쇠도 얼른 신을 꿰차고 따라나섰다. 강쇠가 동네 아이들과 전쟁놀이를 하면 돌쇠는 강쇠의 충직한 졸병이 되었다.

"우리 형이 대장이야!"

일부러 하는 소리가 아니라 돌쇠가 보기에 강쇠는 천하무적이었다. 막대기로 칼싸움을 하다가 돌쇠가 넘어져 곧 죽을 위기에 처하면 어디선가 형이 나타나 구해 줬다. 동네 아이들이 냇가에서 물고기를 잡아도 강쇠가 가장 많이 잡았다. 비사치기*를 해도, 자치기를 해도, 연싸움을 해도 마찬가지였다. 돌쇠 눈에는 강쇠가 진정한 대장이었다.

허약한 돌쇠는 이렇게 강쇠를 따라다니며 노느라 가랑이가 찢어질 지경이었다. 피곤해서 코피를 한 바가지씩 쏟아 내기도 했다. 집에서 쉬라는 어머니의 말에도 돌쇠는 혹시 형이 자기를 떼어 놓고 혼자 나가지 않을까 싶어 살짝 인기척만 나도 눈을 번쩍 떴다. 돌쇠에겐 강쇠를 따라다니는 게 놀이이자 공부였다.

돌쇠가 다섯 살이 되던 어느 여름날이었다. 며칠 전부터 여름 고뿔에 걸렸는지 돌쇠는 땀이 나고 몸이 나른했다. 하지만 형이 멱을 감으러 냇가에 간다는데 따라가지 않을 수 없었다. 그날도 강쇠와 돌쇠는 계곡에서 멱을 감고 물고기를 잡으며 놀았다.

가족들은 저녁을 먹고 잠자리에 들었다. 온 식구가 깊은 잠에 빠졌을 무렵, 돌쇠의 온몸이 뜨거워지기 시작했다.

돌쇠는 지글지글 끓는 가마솥 안에 들어앉은 것만 같았다. 어머니를 불러 봤지만 소리가 입 밖으로 나가지 않았다. 아무리 애타게 불러도 목소리가 나오지 않고 가슴속만 답답했다. 끝도 없이 깊고 뜨거운 불구덩이 안으로 빨려 들어가는 기분이었다.

---

* 아이들 놀이의 하나. 손바닥만 한 납작한 돌을 세워 놓고 좀 떨어진 곳에서 돌을 던져 맞히거나 발로 돌을 차서 맞혀 넘어뜨린다.

잠을 자던 어머니는 몸을 뒤척이다가 습관처럼 돌쇠의 몸을 만졌다. 화끈한 뜨거움이 손을 타고 올라왔다. 어머니의 몸속 신경이 팽팽하게 일어섰다. 어머니의 두 귀에 돌쇠의 열에 들뜬 신음 소리가 무척 크게 들려왔다. 어머니는 벌떡 일어나 옆에서 잠든 돌쇠의 몸을 더듬었다. 불덩이였다. 돌쇠의 입에 손을 대자 뜨거운 김이 입 바깥으로 올라와 자신의 손바닥까지 뜨겁게 달궜다. 그 순간 어머니는 몸 안에서 뭔가가 쿵 떨어지는 것을 느꼈다. 돌쇠는 여러 번 고뿔에 걸려 열이 나서 몸져누웠었지만 이 정도로 열이 난 적은 없었다. 워낙 작게 태어난 탓에 잔병치레가 잦았지만 이번에는 느낌이 달랐다. 어린아이가 단단하게 자라기 위해 치러야 하는 보통의 병치레가 아니었다. 뭔가 크고 무서운 덫에 걸렸다는 걸 어머니는 느낌으로 알아챘다. 어머니는 돌쇠를 불러 정신을 차리게 했다.

"돌쇠야, 돌쇠야."

돌쇠 귀에 어머니가 부르는 소리가 들렸다. 돌쇠는 대답을 하려 했지만 입안까지 타들어 가기만 할 뿐 입술이 떨어지지 않았다.

어머니는 아들의 숨소리가 더 뜨거워진 걸 알아챘다. 아들의 고통이 고스란히 느껴져 눈물이 쏟아졌다.

"아가!"

그 소리에 아버지가 눈을 떴다. 평소와 다른 이상을 느낀 아버지는 부엌에 나가 불씨에 불을 붙여 들고 왔다. 등잔에 불을 붙이자 방 안이 환해졌다. 아버지는 고열에 들뜬 돌쇠의 얼굴에 손을 대 보았다. 한눈에 보기에도 심상치가 않았다. 돌쇠를 안고 있던 어머니가 흐느끼며 말했다.

"애 몸이 뜨거워요. 너무 뜨거워요."

"열을 내려야 하오. 물을 떠 오겠소."

아버지는 얼른 밖으로 나갔다. 어머니는 눈물을 훔쳐 냈다. 마음을 추스른 어머니는 반닫이에서 기저귓감으로 쓰고 남은 하얀 천을 꺼내 찢었다. 어머니와 아버지는 돌쇠의 옷을 벗기고 물에 적신 천으로 온몸을 닦아 냈다. 아이의 몸속에 있는 열기를 쫓아내야 했다. 몸속의 뜨거운 열기는 아이들을 해치는 무서운 재앙이었다. 물에 담가 차가워진 천이 돌쇠의 몸에 닿으면 금세 뜨거워졌다.

돌쇠는 몸 한쪽이 화하게 시원해지는 기분을 느꼈지만 그 순간뿐이었다. 그 자리가 다시 뜨거워졌다. 하지만 타들어 가던 입으로 겨우 한마디를 힘겹게 내뱉었다.

"엄마!"

"그래, 아가야. 엄마 여기 있다."

돌쇠는 볼에 어머니의 손이 닿는 걸 느꼈다.

이 소란스러움에 제일 끄트머리에서 깊은 잠에 빠졌던 강쇠가 일어났다.

"왜 그래요?"

"돌쇠가 많이 아파."

아버지가 강쇠에게 말했다.

"물을 떠 오너라. 물이 미지근해졌어."

강쇠는 일어나 대야의 물을 갈아 왔다. 그러고는 국그릇에 맑은 물을 떠서 돌쇠의 숟가락과 함께 가져왔다. 어머니가 물그릇을 받아 돌쇠의 입에 물을 떠 넣었다. 강쇠는 어머니 대신 수건을 물에 적셔 동생의 몸을 정성스레 닦아 냈다.

"낮에 멱을 너무 오래 감았나 봐요. 일찍 나왔어야 하는데……, 제 잘못이에요."

강쇠는 허약한 동생을 데리고 차가운 계곡물에서 오랫동안 논 게 후회됐다. 동생의 입술이 새파래지기 전에 물속에서 나오게 하지 않은 자신에게 화가 났다.

"이건 고뿔이 아니다. 우리 돌쇠에게 독한 손님이 찾아오신 거야."

아버지는 눈물을 애써 참고 있는 강쇠를 달랬다.

동이 트고 아침이 밝아 오자 돌쇠의 열은 떨어졌다. 뜨거운 숨소리가 가라앉고 잠에 빠져들었다. 아버지는 논을 둘러보러 나갔고, 어머니와 강쇠는 얕은 잠이 들었다.

문이 벌컥 열리는 소리에 어머니가 놀라 일어났다. 열린 문 사이로 꽃분이가 서 있었다.

"엄마, 지금까지 잤어?"

꽃분이는 해가 중천에 떠오르도록 잠을 자는 어머니를 처음 보았다.

"꽃분아, 돌쇠가 아파."

어머니가 작은 소리로 말했다.

꽃분이는 "어디?" 하며 방으로 들어오려고 했다. 어머니가 꽃분이를 막았다.

"오늘은 안 돼. 너한테 옮길지도 모르니까 담에 와라."

이제 여덟 살이 된 꽃분이는 자기를 생각해서 들어오지 말라는 소리라는 걸 뻔히 알아도 서운한 걸 어쩔 수 없었다. 자기만 이 가족이 아니란 걸 다시 한 번 느끼는 순간이었다.

"치, 돌쇠는 괜히 아파 가지고……."

투덜거리며 꽃분이는 다시 집으로 돌아갔다.

아침나절에 열이 떨어지고 기운을 차리는 것 같던 돌쇠는 잠시 후에 다시 열이 오르기 시작했다. 돌쇠는 기어이 사흘 밤과 낮 동안 고열에 시달렸다. 아버지가 불러온 의원은 "역질* 같다!"는 말을 하고 돌아갔다.

강쇠는 자하골 할머니가 그리웠다. 자하골 할머니가 계셨다면 예전에 누가 언제 이렇게 앓았는지, 이럴 때는 어찌해야 하는지,

---

* 열이 나고 발진이 생기는 전염병인 천연두를 한방에서 이르는 말이다. 두역이라고도 한다.

누구보다 자세하게 기억했을 것이다. 지금의 강쇠라면 단숨에 자하골까지 뛰어갔다 올 수 있었다. 그러나 자하골 할머니는 지난해 저세상으로 떠났다. 의원은 역질 같다고 했지만 돌쇠의 얼굴은 맑았다. 천연두 꽃이 필 기미는 없었다. 오히려 열이 뜨거워지면서 돌쇠는 온몸에 경련을 일으켰다.

닷새가 지나고 꽃분이가 다시 왔다. 꽃분이가 보기에도 돌쇠의 병은 심상치 않았다. 며칠 사이에 돌쇠의 얼굴은 전과 크게 달라졌다.

"돌쇠 죽어?"

이 소리에 어머니는 돌쇠의 몸을 닦던 손길을 멈췄다.

강쇠는 험악한 눈으로 꽃분이를 노려보며 소리쳤다.

"이 계집애야, 한 번만 더 그딴 소리를 해 대 봐. 가만두지 않을 테야!"

강쇠의 험한 말에 꽃분이는 놀란 듯 움츠러들었다가 곧 자기 성격을 되찾았다.

"우리 엄마도 그랬다며! 몇 날 며칠 앓다가 죽었다며!"

꽃분이 딴에는 걱정스러워 한 말에 강쇠가 발끈하자 꽃분이는 서러워 눈물을 흘렸다. 꽃분이는 눈물이 줄줄 흘러내려도 제 할 말은 다 내뱉었다.

"돌쇠가 그럴까 봐 그런 건데…… 오빠는 괜히 그래!"

"꽃분아, 우리 돌쇠 안 죽는다. 돌쇠는 그냥 아픈 거야. 곧 다

나을 거야."

어머니가 꽃분이를 달랬다.

"아무리 그래도 여덟 살이나 먹은 계집애가 할 말 못 할 말 구분 못 하고 막 내뱉어!"

강쇠는 기어이 꽃분이에게 소리를 지르고 밖으로 나가 버렸다.

"강쇠 오빠는 바보야!"

꽃분이는 제 마음을 몰라주는 강쇠가 미웠다.

드디어 돌쇠는 열이 내리고 평온한 모습을 되찾았다.

온 가족이 한시름을 놓은 며칠 뒤에 돌쇠가 말했다.

"엄마, 나 다리가 이상해. 일어서질 못하겠어."

어머니의 눈으로 보기에도 돌쇠의 다리가 이상했다. 다시 불려 온 의원은 앉은뱅이가 될 거라는 말을 남기고 돌아갔다. 어머니는 수건에 뜨거운 물을 적셔 돌쇠의 다리를 주물렀다.

"그럴 리가 없어! 우리 돌쇠가 그럴 리가 없지! 너무 호되게 앓아서 진이 빠져서 그런 거야. 자, 돌쇠야 엄마를 잡고 일어서 봐. 넌 할 수 있어."

어머니가 아무리 붙잡아도 돌쇠는 일어서지 못했다. 돌쇠의 엉덩이 아래는 꼼짝도 하지 않았다.

"그럴 리가 없어. 돌쇠야 다시 해 보자. 일어서 봐. 제발!"

어머니는 주문처럼 그럴 리가 없다고 말하며 바느질도 하지 않고 돌쇠의 다리를 주무르고 또 주무르며 일으켜 세우려고 했다. 어머니는 몇 날 며칠을 돌쇠의 다리에만 매달렸다.

참다못한 아버지가 어머니를 말렸다.

"그만해요! 다 타고난 팔자요!"

"팔자라니요? 두 다리 멀쩡하게 태어난 애예요. 우리 돌쇠는 일어설 거예요."

어머니는 멈추지 않았다. 돌쇠는 오히려 어머니에게 미안했다. 어머니가 일어서자고 하면 일어서 보려고 애썼다. 그러나 그렇게 가벼웠던 다리가 왜 갑자기 무쇠처럼 무거워진 건지 모르겠지만 다리는 거짓말처럼 꼼짝도 하지 않았다.

어머니가 돌쇠의 다리에 매달려 있는 동안 강쇠는 아침밥을 먹고 밖으로 나가면 해가 져야 들어왔다. 이제 열 살이라 제 한 몸은 거뜬히 다룰 줄 아는 강쇠는 친구들하고 뭘 하고 노는지 온몸에 생채기까지 내고 돌아다녔다. 저녁에는 밥숟가락을 내려놓기가 무섭게 잠에 곯아떨어졌다.

어머니는 급한 바느질감을 받으러 나가고 형도 아침 일찍 바깥으로 나간 날, 돌쇠는 방 안에 앉아 힘없이 쭉 뻗은 자기 다리를 바라보았다. 얼마 전까지만 해도 형을 따라 멱을 감고 전쟁놀이를 하던 몸이었다. 며칠 앓은 것뿐인데 두 다리가 쇠처럼 굳어 버린 것을 누구보다 받아들이기 어려운 사람은 바로 돌쇠 자신이었다. 돌쇠는 일어서려 했다. 하지만 다리는 꼼짝도 하지 않았다. 돌쇠는 두 손으로 다리를 들었다가 방바닥에 세게 내려쳤다.

아프지 않았다. 돌쇠는 더 세게 자기 다리를 들었다가 방바닥에 내리꽂았다. 전혀 아프지 않았다. 돌쇠는 주먹을 쥐고 자기 다리를 때렸다.

"왜? 내가 왜 다리병신이 됐냐고!"

돌쇠는 울며 자기 다리를 때렸다.

"부서져 버려!"

돌쇠는 엉엉 소리쳐 울며 자기 다리를 때렸다.

그때, 강쇠가 마당에 들어섰다. 강쇠는 어깨에 둘러멘 망태기를 마당에 던지다시피 내려놓고 방으로 들어와 돌쇠의 손을 잡아 말렸다.

"하지 마."

"이런 다리는 차라리 없는 게 나아."

돌쇠는 형에게 두 손이 잡혀 다리를 때릴 수 없자 이번엔 방바닥에 머리를 박았다.

"없어져 버릴 거야!"

강쇠는 돌쇠의 머리가 딱딱한 바닥에 닿지 않도록 두 손을 방바닥에 댔다. 이렇게 해서 동생이 조금이라도 덜 아프다면 자기 손에 동생이 머리를 박는 것쯤은 얼마든지 참을 수 있었다. 강쇠는 동생을 꼭 끌어안았다.

"너 없이 우린 어쩌라고. 나을 수 있어. 내가 꼭 걷게 해 줄게."

돌쇠는 형을 밀어 내고 방바닥을 뒹굴었다.

"다 필요 없어! 난 이제 다리병신이야."

돌쇠는 아예 온몸으로 방바닥을 구르며 울어 댔다.

"에구머니나!"

바깥에서 들려온 어머니의 비명에 돌쇠는 울음을 그쳤다. 강쇠는 열린 문으로 밖을 내다보았다. 마당에서는 망태기 안을 들여다보다 놀란 어머니가 망태기를 내던지고 뒤로 물러섰다. 망태기 안에서 살아 있는 뱀 여러 마리가 기어 나왔다.

뱀들이 흩어지는 것을 본 강쇠가 마당으로 뛰어나가 손으로 뱀의 머리를 꽉 눌러 잡아 망태기에 다시 집어넣었다.

"돌쇠 주려고요. 몇 날 며칠 모은 거예요. 동네 어른들이 그러는데 굳어진 관절 푸는 데는 뱀이 최고래요."

어머니는 그제야 매일 뱀을 잡으러 돌아다니느라 녹초가 돼서 들어온 큰아들이 눈에 들어왔다. 얼굴에 생채기가 나고 온몸을 다쳐 가며 동생에게 먹일 뱀을 잡아 온 속 깊은 강쇠를 보고 어머니는 참았던 울음을 터트렸다.

강쇠는 이제 어머니를 위로할 만큼 자라 있었다.

"너무 걱정 마세요. 돌쇠는 곧 괜찮아질 거예요."

방에서 형과 어머니를 지켜보던 돌쇠는 얼굴에 남아 있던 눈물을 훔쳐 냈다. 부서져라 주먹으로 내리쳤던 다리를 쓰다듬으며 다시는 자기만큼이나 아파하는 가족들을 힘들게 하지 않겠다고 마음먹었다.

돌쇠는 몸에 좋다는 것은 다 먹었다. 외삼촌이 구해 온 삼과 강쇠가 잡아온 뱀, 주변에서 좋다는 것은 뭐든 주는 대로 다 먹었다. 온 식구의 정성에도 불구하고 돌쇠는 일어서지 못했다. 그래도 어머니는 포기하지 않았다. 아침저녁으로 돌쇠의 다리에 뜨거운 찜질을 하고 주물렀다. 그 일이 어머니에게는 아침저녁으로 기도하는 일과 같았다. 그 모습이 하도 정성스러워서 아무도 그만두라며 말리지 못했다. 돌쇠도 어머니를 말릴 수 없었다.

4

앉은뱅이와 바늘

온 가족의 정성으로 기운을 차렸지만 돌쇠는 이제 집 안에서만 지내야 했다. 돌쇠는 전처럼 형을 따라다니며 들로 산으로 뛰어다닐 수 없었다. 형은 이제 아버지를 따라 어른 몫으로 일하기 시작했다. 그러나 돌쇠는 아버지의 농사일을 도울 수도 없었고, 어머니의 집안일을 도울 수도 없었다. 돌쇠는 제 힘으로는 뒷간도 못 가는 앉은뱅이가 된 것이다. 누굴 돕기는커녕 누군가의 도움이 있어야만 살 수 있는 처지였다.

그 대신 방 안에 늘 돌쇠가 있었기 때문에 이제 돌쇠네 집은 언제나 이야기가 멈추지 않았다. 낮에 어머니와 꽃분이가 방 안에서 바느질을 할 때 돌쇠는 그 옆에서 잔손 가는 일을 도우며 이야기꽃을 피웠다. 저녁이면 일을 마치고 돌아온 강쇠가 함께 했다. 아버지는 특별히 말이 없었지만 온 가족이 나누는 이야기를 조용히 들었다. 앉은뱅이가 되었어도 돌쇠는 여전히 이 집안의 귀염둥이 막내였다. 아니, 잃어버릴 뻔했기 때문에 오히려 더욱 소중한 막둥이가 되었다. 아버지는 그런 돌쇠를 흐뭇한 얼굴로 바라보았다. 부정 탈까 봐 한 번도 귀한 막내아들이란 말을 내비친 적은 없었지만 돌쇠는 그야말로 눈에 넣어도 아프지 않은 자식이었다.

돌쇠가 기다리는 사람은 외삼촌 임행이었다. 조선뿐만 아니라 명나라까지 다녀와 보고 들은 게 많은 임행의 이야기 솜씨는 그야말로 최고였다. 돌쇠는 예전보다 더욱 애타게 외삼촌을 기다렸다. 임행도 자기를 기다리는 다리 못 쓰는 조카가 내심 신경이 쓰여 더 자주 동생 집에 들렀지만 워낙 자유롭게 돌아다니던 기질이라 일 년에 한두 번 들르기도 어려웠다. 임행이 도착하면 돌쇠는 엉덩이걸음으로 마루까지 마중 나갔다.

"이번에는 어디를 다녀오셨어요?"

"부산포에 가서 왜인들을 만났지."

"왜인들은 어떻게 생겼어요?"

"우리랑 똑같다. 근데 우리보다 좀 작아."

"왜는 어디에 있어요?"

돌쇠의 질문은 끝날 줄 몰랐지만 임행은 차분히 대답해 줬다.

"이 땅에는 조선팔도만 있는 게 아니야. 남으로 내려가서 바다를 건너면 왜의 한쪽인 쓰시마가 있단다. 부산포에서 아침에 배를 타면 저녁에 쓰시마에 도착하니 결코 먼 나라가 아니지. 하나 왜는 고려 때부터 수시로 우리 변방을 노략질한 해적 국가란다. 적국인 셈이지. 그러니 거리는 가깝다 해도 사이는 먼 나라라 할 수 있겠구나."

"명은요? 명은 또 얼마나 멀어요?"

"여기서 북으로 올라가면 명이 나온다. 명은 아주아주 넓은데 조선과 명은 순망치한(脣亡齒寒)의 관계란다. 입술이 없으면 이가 시리다는 뜻이지. 나도 북경 너머는 못 가 봤지만 명을 넘어서면 서역이라는 나라도 있는데 서역 사람들은 생김새가 아주 요상하다는구나. 키가 크고 코도 높고 온몸이 다 까만 이도 있고, 머리털과 수염은 붉은데 몸의 털은 하얀 이들도 있다는구나."

외삼촌 곁에서 이야기를 듣느라 돌쇠는 날이 새는 줄 몰랐다.

이야기를 듣는 것 외에 앉은뱅이 돌쇠에게도 할 일이 있었다. 그것은 어머니가 바느질을 하기 위해 실패에 실을 감을 때 맞은편에서 실뭉치를 붙잡아 주는 것이었다. 실을 감고, 필요한 길이만큼 실을 끊어 주고, 바늘귀에 실도 꿰어 주었다. 일이 많을 때는 꽃분이가 와서 바느질을 도왔다. 그럼 돌쇠가 실을 감고 꿰어야 할 바늘도 많아졌다.

어느 날, 돌쇠는 이불을 꿰매는 어머니 옆에 앉아 있었다. 실도 감아 놨고, 바늘귀에 실도 잔뜩 꿰어 놓은 돌쇠는 심심했다. 어머니의 바느질하는 손이 어찌나 빠른지 돌쇠가 보기에는 신기에 가까웠다. 돌쇠는 반짇고리에서 바늘을 하나 꺼냈다. 두꺼운 솜이불을 꿰매는 바늘이라 길이가 돌쇠의 손바닥만 했고 두께도 제법 두꺼웠다. 실도 꿰지 않은 바늘로 어머니가 바느질하는 모습을 흉내 내다가 벽을 바라보았다. 벽에 난 커다란 얼룩이 눈에 띄었다. 돌쇠는 순전히 호기심에 손에 쥔 바늘을 벽을 향해 튕겼다. 바늘이 휭 하고 날아가더니 흙벽에 '팍!' 소리를 내며 꽂혔다. 그 순간 돌쇠의 몸을 찌릿한 전기가 훑고 지나갔다. 벽이 아니라 꼭 자기 자신이 바늘에 정통으로 맞은 기분인데 묘하게 시원했다. 아프고 나서 이렇게 짜릿한 기분은 처음이었다. 아니, 태어나서 처음이라고 해야 맞았다.

돌쇠는 바늘을 다시 던졌다. 이번에는 벽에 꽂히지 않고 방바닥으로 떨어졌다. 엉덩이걸음으로 바늘을 주워 온 뒤에 다시 던졌다. 이번에도 실패해 방바닥으로 떨어졌다. 네 번째 다시 던진 바늘은 벽을 맞힐 수 있었다. 그러나 처음에 '팍!' 소리를 내며 꽂힐 때의 그 쾌감은 느껴지지 않았다. 그 쾌감을 다시 느끼려고 돌쇠는 계속 벽에 바늘을 던졌다.

그 모습을 지켜보던 어머니는 바늘 끝이 무뎌진다고 돌쇠를 나무라지 않았다. 오히려 돌쇠를 위해 바늘 한 쌈을 아예 따로 건네줬다. 어머니는 돌쇠가 심심해하지 않고 놀 거리를 찾아낸 걸 그나마 다행으로 여겼다.

그날 이후로 돌쇠는 날마다 벽에 바늘을 던졌다. 처음에는 어머니가 바느질을 하는 동안 벽에 바늘을 던졌다. 나중에는 심심할 때마다 바늘을 던졌고, 결국 손에 바늘을 쥐고 살다시피 했다. 처음에는 그저 벽에 바늘을 꽂는 게 목표였다. 바늘을 던질 때에 힘이 중요하단 걸 알아챘을 즈음에 돌쇠는 백발백중으로 바늘을 벽에 꽂을 수 있었다.

어느 날, 강쇠는 숯을 가져와 벽에 과녁판을 그렸다. 그리고 한가운데에 점을 찍으며 말했다.

"돌쇠야, 이 한가운데를 맞혀야 하는 거야! 그래야 만점이다."

"만점이면 뭐가 좋은데?"

"음, 만점이면 어머니가 맛있는 걸 주실걸?"

강쇠는 어머니를 바라보며 물었다.

"어머니, 돌쇠가 가운데를 정확히 맞히면 맛난 거 주실 거죠?"

"그럼! 콩도 삶고 토란도 삶아 주마."

돌쇠는 이제 그냥 심심풀이로 바늘을 던지는 게 아니라 목표를 가지고 던졌다. 그러나 정확하게 과녁 한가운데를 맞히는 건 쉽지 않았다. 바늘은 대부분 가운데 동그라미 안에 박혔지만 정중앙은 아니었다. 집중을 한다 해도 손이 살짝만 흔들리면 옆으로 비켜 나가기 일쑤였다.

어느 날 가족들이 지켜보는 앞에서 돌쇠는 바늘을 던졌다. 바늘은 정확하게 과녁의 한가운데에 꽂혔다.

강쇠는 환하게 웃으며 박수를 쳤다. 아버지가 말했다.

"이제 우리 돌쇠를 바늘대장이라고 불러야겠다!"

돌쇠는 과묵한 아버지의 칭찬 한마디에 가슴이 터질 것만 같았다.

"자, 돌쇠 덕에 우리도 옥수수를 먹을 수 있겠구나!"

아버지가 밖에 나가 아껴 두었던 옥수수*를 꺼내 왔다. 돌쇠가 태어나던 해에 외삼촌이 가져온 종자로 거둔 옥수수였다. 아직 많이 거두지 못해 다음 해에 종자로 쓰려고 아껴 둔 것 중에 몇 개 꺼내 온 것이다. 온 가족과 함께 콩과 옥수수를 먹으며 돌쇠는 뿌듯하다는 말이 무엇인지 처음으로 실감했다. 지난 며칠 동안 과녁을 맞히기 위해 애썼던 고달픔이 싹 사라졌다.

과녁 맞히기 정도는 쉽게 해낼 수 있는 돌쇠에게 새로운 목표가 생겼다. 돌쇠가 앉아서만 지낸 지 한참 지난 늦여름이었다. 어머니는 한여름 더위에 솜이불을 꿰매야 하는 일이 고역이었다. 그러나 황부자 집 큰딸의 혼수 이불이라 미뤄 둘 수가 없었다.

* 옥수수는 16세기 초 포르투갈 상인들에 의해 중국 남부에 전래되었다가 임진왜란 때 명나라 군대가 가지고 들어왔다는 주장이 있다. 이 작품에서는 삼촌 임행이 역관으로 명나라를 다니며 먼저 들여온 것으로 설정했다.

열어 놓은 방문으로 파리가 날아 들어왔다. 어머니는 바느질을 하느라 파리 쫓기도 힘들었다. 돌쇠는 한 손에 부채를 들고 어머니 얼굴에 달라붙으려 하는 파리를 쫓았다. 어머니 주변을 왔다 갔다 맴돌던 파리가 마침 형이 그려 준 과녁판에 앉았다. 돌쇠는 바늘을 살짝 들어 과녁을 향해 날렸다. 파리는 바늘이 닿기 전에 잽싸게 피했다.

"아! 아깝다!"

돌쇠 입에서 탄성이 터져 나왔다. 돌쇠는 파리가 벽에 안기만을 기다렸다가 바늘을 던졌다. 움직이는 목표를 맞히는 건 과녁을 맞히기보다 확실히 어려웠다. 파리는 바늘이 꽂히기 전에 번번이 다른 곳으로 날아갔다. 파리는 일부러 약을 올리는 듯 윙윙 소리를 내며 날아다녔다. 신경이 곤두선 돌쇠는 자기 주변으로 날아온 파리 한 마리를 부채로 때렸다. 방바닥에서 부채를 살짝 들어 올렸다. 돌쇠는 부채에 달라붙은 채 죽은 파리를 한참이나 바라보았다.

'부채로 잡을 수 있는 파리를 바늘로 잡으려면 더 빠르고 세야 해!'

어머니가 솜이불을 꿰매는 내내 돌쇠는 파리와 전투를 치렀다. 파리를 잡는 데 유리하게 숫돌로 바늘 끝을 더 날카롭게 벼렸다. 어느 날, 돌쇠가 바늘을 던지기 좋은 자리에 파리가 앉았다. 그 순간을 기다려 온 돌쇠는 바늘을 살짝 들어 올려 최대한 조용히 그렇지만 세게 바늘을 던졌다. 잠시 후 등에 바늘을 맞은 파리는 벽에 그대로 꽂혀 버렸다. 그러나 바늘로 파리를 잡았다는 만족감은 잠시뿐이었다. 지금 파리를 맞힌 건 아주 우연히 일어난 일이란 걸 잘 알았기 때문이다.

5
과녁

　이가 없으면 잇몸으로 산다는 말이 있듯이 돌쇠는 이제 엉덩이걸음에도 제법 익숙해졌다. 돌쇠가 엉덩이걸음으로 마루에 나가면 꽃분이는 손안에 들어갈 만한 작은 돌멩이를 찾아왔다. 돌쇠와 꽃분이는 마루에서 한바탕 공기놀이를 했다.

　꽃분이는 돌쇠에게 공기놀이를 가르쳐 줬다. 여자아이들이 주로 하는 공기놀이는 돌쇠가 앉아서도 충분히 할 수 있는 놀이였다. 꽃분이 딴에는 돌쇠에게 공기놀이를 가르쳐 주면 자기가 늘이길 수 있을 것이라는 속셈이었다. 꽃분이 눈에 가끔씩 말귀를 못 알아듣고 눈치없이 구는 거만 빼면 돌쇠는 그럭저럭 데리고 놀 만한 상대였다.

그런데 바늘을 던지며 손힘이 세지고 손끝도 정교해진 돌쇠는 꽃분이의 예상보다 훨씬 빨리 공기놀이를 익혔다. 한번 잡으면 파고드는 성격인 돌쇠는 공기놀이를 어찌나 열심히 했는지 손날에 굳은살이 박일 정도였다.

돌쇠보다 세 살이나 많고 여자인 꽃분이에게 공기놀이는 이제 자존심이 걸린 싸움이었다. 꽃분이는 돌쇠에게만은 지고 싶지 않았다. 그런데 아무리 불리하게 조건을 걸고 우겨 대도 돌쇠는 잘 따라왔다. 기어이 50점 먼저 내기에서 돌쇠가 꽃분이를 이기고 말았다. 자존심을 건 승부에서 진 꽃분이는 부아가 치밀어 올랐다. 꽃분이는 벌떡 일어나 돌쇠를 비꼬았다.

"쳇, 만날 앉아만 있으니까 잘하네!"

"뭐라고? 졌으면 졌다고 인정해야지."

돌쇠도 밀리지 않고 달려들었다.

"그러니까 앉은뱅이라서 잘한다고, 이 병신아!"

"너 말 다 했어?"

꽃분이는 벌떡 일어나 집으로 가려고 짚신을 꿰 차고 일어섰다. 그러곤 돌아서서 돌쇠를 향해 말했다.

"병신한테 병신이라고 하는데 뭘? 앉은뱅이 주제에 놀아 주니까!"

화가 난 돌쇠의 손이 부르르 떨렸다. 공깃돌로 쓰던 작은 돌멩이 다섯 개가 돌쇠의 손안에서 서로 부딪쳤다. 돌쇠는 돌멩이 하나를 오른손으로 옮겨 쥐었다.

"어디 그 다리로 한번 쫓아와 보시지? 메롱!"

꽃분이는 돌쇠를 향해 혀를 날름 내밀었다. 돌쇠는 꽃분이를 향해 공깃돌을 던졌다. 돌멩이가 날아가 '딱!' 소리를 내며 꽃분이 이마를 맞혔다.

"악!"

꽃분이는 짧은 비명을 지르고는 자기 이마를 감싸 쥐었다. 그러나 꽃분이도 그리 만만한 아이가 아니었다.

"이 자식이, 진짜 병신 꼴값하네!"

꽃분이는 한 번 더 내뱉고는 뒤돌아서 뛰었다. 돌쇠가 쫓아올 수 없다는 건 분명했기 때문이다.

돌쇠는 두 번째 공깃돌을 꽃분이의 뒤통수를 향해 던졌다. 꽃분이가 뛰고 있어서 공깃돌이 빗나갔다. 그 순간 돌쇠의 눈에 형이 벽에 그려 주었던 과녁이 나타났다. 하늘에서 갑자기 뚝 떨어지듯 그 과녁이 날아와 꽃분이의 뒤통수에 겹쳐졌다. 그때 돌쇠는 깨달았다. 파리가 과녁에 앉을 때까지 기다리는 게 아니라 날아다니는 파리에 과녁을 적용해 움직일 수 있어야 했다.

아주 짧은 순간, 돌쇠의 눈에 과녁이 정확하게 보였다. 이미 던진 세 번째 공깃돌도 빗나갔다. 목표가 움직이는 속도에 과녁도 같이 움직이는 게 중요했다. 너무 빨라도 안 되고 너무 늦어도 안 된다. 지금 딱 꽃분이가 뛰는 속도만큼 과녁이 움직여야 했다. 그리고 그 속도에 맞춰 공깃돌을 던져야 했다. 돌쇠에게 남은 공깃돌은 딱 두 개뿐이었다.

돌쇠의 눈에 다른 건 보이지 않았다. 오로지 공깃돌로 맞히고자 하는 그 과녁의 중심만 보였다. 집중을 하자 과녁이 커졌다. 돌쇠의 눈에는 그 과녁이 크고 선명하게 보였다. 돌쇠는 엉덩이를 들고 몸을 앞쪽으로 쏠리게 한 뒤 과녁을 향해 신중하게 네 번째 공깃돌을 던졌다. 그러곤 약간의 시간차를 두고 마지막 돌멩이를 연달아 던졌다. 마지막 공깃돌이 꽃분이의 뒤통수를 정확하게 맞혔다.

뒤통수에 정통으로 돌을 맞은 꽃분이는 눈알이 튀어나올 것 같이 아팠다. 꽃분이는 뒤통수를 감싸 쥐느라 앞을 제대로 보지 못했다. 꽃분이는 문을 열고 들어서는 강쇠와 부딪쳤다. 강쇠는 자기와 부딪친 꽃분이가 넘어지지 않도록 꽃분이의 팔을 붙잡아 주었다. 꽃분이는 강쇠 품에 안겨 엉엉 울었다.

"엉엉엉! 돌쇠가 나한테 돌 던졌어."

강쇠는 마루에 앉아 있는 돌쇠를 보았다. 온몸에 힘을 실어 공깃돌을 던진 돌쇠는 중심을 잡지 못하고 그만 마루 밑으로 굴러 떨어지고 말았다. 강쇠는 꽃분이를 잡은 채 마루 밑에 쓰러진 돌쇠를 바라보았다. 강쇠의 뒤를 따라 들어오던 어머니가 돌쇠를 향해 달려갔다.

"돌쇠야, 괜찮니?"

돌쇠는 울지 않았다. 돌쇠는 아직도 꽃분이의 뒤통수에서 과녁을 풀지 않았다. 오히려 그 과녁을 형의 얼굴로 옮겼다. 형의 얼굴이 크게 보였다. 돌쇠는 형의 날카로운 눈빛과 마주쳤다. 돌쇠는 형이 꽃분이는 제쳐 두고 자기를 향해 달려올 거라고 생각했다. 그런데 형은 돌쇠를 바라보기만 할 뿐 꽃분이를 안아 달래 주었다. 형은 오히려 매처럼 날카로운 눈빛으로 돌쇠를 노려보았다. 꽃분이에게 돌을 던졌다고 화가 난 모양이다. 형이 꽃분이의 귀에다 살며시 속삭이는 것도 보였다. 돌쇠는 자기는 본체만체하고 꽃분이를 안아 주는 형이 서운했다. 그러는 사이 과녁이 사라졌고 돌쇠의 눈에 모든 게 원래의 크기대로 보였다.

저녁이 되자 꽃분이 아버지가 꽃분이를 앞세우고 돌쇠네 집으로 쳐들어왔다. 꽃분이의 뒤통수에는 혹이 나고 눈두덩은 잔뜩 부풀어 올랐다. 돌쇠가 꽃분이의 이마 정중앙을 향해 던진 첫 번째 공깃돌이 살짝 빗나가 꽃분이의 눈두덩 쪽을 맞힌 모양이었다. 눈과 코 사이까지 뻘겋게 부풀어 올라 꽃분이 얼굴이 장난이 아니게 못나 보였다. 내일이 되면 푸르뎅뎅하게 멍이 들 게 틀림없었다.
"눈에 맞았으면 큰일 날 뻔했어. 이만하길 다행이다."
어머니가 꽃분이의 눈두덩을 부드럽게 만지며 달랬다.
돌쇠는 사람들 앞에서 보란 듯이 꽃분이에게 "못난이!"라고 놀리고 싶은 걸 겨우 참았다. 자기를 병신이라고 놀린 못돼 먹은 계집애에게 저만큼이라도 복수를 한 게 통쾌했다. 대장장이로 동네에서 힘이 세기로 유명한 꽃분이 아버지가 저 무쇠 같은 주먹으로 자기를 내리쳐도 절대 울지 않고 다 참아 내리라고 결심하고 돌쇠는 입술을 깨물었다.

그런데 방에 들어선 꽃분이 아버지가 아버지와 어머니 앞에 다짜고짜 무릎을 꿇었다. 놀란 아버지와 어머니도 얼른 무릎을 꿇었다. 꽃분이 아버지는 땅에 닿을 정도로 머리를 조아렸다. 무안해진 돌쇠 아버지가 자세를 더 낮추며 말했다.

"이거 왜 이러시나. 더 미안스럽게."

"아닐세, 내가 딸년을 잘못 가르쳤네. 어미 없이 자란 하나밖에 없는 외동딸이라고 막 키웠더니 험한 말이나 내뱉고 다니고. 다 내가 못난 탓일세. 돌쇠야, 미안하다. 내가 너를 볼 면목이 없다."

꽃분이 아버지는 돌쇠에게까지 머리를 낮추고 사과를 했다. 상황이 돌쇠가 생각했던 것과 전혀 다르게 돌아갔다. 꽃분이 아버지가 온 건 자기를 혼내기 위해서라고 생각했는데, 무릎을 꿇고 사과까지 할 줄은 돌쇠도 미처 예상치 못했다. 꽃분이 아버지는 기어이 쇠망치를 들고 무쇠를 치던 손으로 꽃분이의 등짝을 내리쳤다.

"어서 빌지 못해? 이 싸가지 없는 년아!"

쇠를 칠 때 저런 소리가 날까? 곤장을 맞으면 저런 소리가 날까? '짝!' 하고 차진 소리가 방 안에 울려 퍼졌다. 동시에 꽃분이 입에서는 곧 죽을 듯한 비명이 터졌다. 돌쇠는 자기도 모르게 눈을 질끈 감았다. 꽃분이 아버지는 한 번 더 꽃분이에게 손바닥을 내리꽂았다.

"그동안 너를 돌봐 준 게 어딘데. 주둥이나 함부로 놀리고 다니고. 잘한다."

어머니가 잽싸게 꽃분이를 끌어안았다. 혹시 꽃분이 아버지가 또 때릴까 봐 어머니는 얼른 자기 손으로 꽃분이를 감싸 안으며 말했다.

"이러지 마세요. 돌은 우리 애가 던졌는데 꽃분이한테 왜 이러세요?"

그 말에 꽃분이는 기다렸다는 듯이 아예 꺼이꺼이 소리를 내며 대성통곡을 하기 시작했다. 그러자 이번엔 돌쇠 아버지가 벌떡 일어서더니 장롱 뒤에서 긴 작대기를 하나 꺼냈다. 돌쇠는 집 안에 저런 게 있었나 싶어 멀뚱멀뚱 쳐다보았다. 아버지가 저걸로 꽃분이를 때리려는 모양이라고 생각했다.

'꽃분이 넌 이제 죽었다!'

사실 자기 아버지에게까지 맞을 걸 생각하니 꽃분이가 조금 불쌍해지기도 했다. 돌쇠가 꽃분이를 불쌍하게 여기려는 순간 아버지가 말했다.

"내 잘못일세. 아무리 몸이 불편해도 누이한테 돌이나 던지라고 가르치진 않았네."

아버지는 그 작대기로 꽃분이가 아닌 돌쇠의 등짝을 내리쳤다. 그러자 집 안에 난리법석이 일어났다. 갑자기 마른하늘에 날벼락 치듯 언어맞은 돌쇠가 소리를 질렀고, 그 모습을 본 꽃분이는 더 요란스럽게 울부짖었다. 놀란 어머니는 비명을 질렀다. 그동안 가만히 보고만 있던 강쇠는 재빨리 제 몸으로 돌쇠를 감싸 안으며 대신 맞았다. 꽃분이 아버지가 돌쇠 아버지의 작대기 쥔 손을 얼른 붙잡아 멈추게 했다. 모르는 사람이 보면 건장한 두 남자가 작대기를 뺏으려고 서로 싸우는 것처럼 보였을 것이다.

양쪽 아버지가 힘으로 서로 버티는 사이 꽃분이가 잽싸게 무릎을 꿇고 빌기 시작했다.

"제가 잘못했어요. 안 그럴게요."

제 아버지에게 맞을 때도 뉘우치는 기색 하나 없이 꼼짝 않던 꽃분이가 돌쇠 아버지 다리에 매달렸다.

"아버지, 지금부터 돌쇠 안 놀리고 잘 돌봐 줄게요. 누가 괴롭히면 제가 가서 혼을 내 줄게요. 약속해요."

돌쇠 아버지는 그제야 작대기를 든 손의 힘을 풀었다.

그러자 꽃분이는 제 아버지 다리에 매달렸다.

"아버지, 잘못했어. 다신 안 놀릴게. 한 번 더 돌쇠를 놀리면 나는 방갑돌 딸이 아니고 개 딸이다. 진짜야."

"흠흠, 이것아, 그러면 내가 개가 되잖아. 허허허!"

꽃분이 아버지는 꽃분이를 보고 실없는 농담을 던졌다.

돌쇠 아버지는 못 이기는 척 작대기 든 손을 슬며시 내렸다.

"꽃분아! 내가 너를 봐서 참는다. 돌쇠는 꽃분이에게 고맙다고 해라. 꽃분이 아니었으면 뼈도 못 추릴 뻔했으니까."

양쪽 아버지는 못 이기는 척 웃음을 띠고 자리에 앉았다. 돌쇠와 꽃분이는 서로 어색하게 사과를 했고, 양쪽 아버지는 술상을 가운데 두고 마주 앉았다. 꽃분이 아버지는 꽃분이에게 한 번만 더 주둥이를 함부로 놀렸다가는 다리몽둥이를 분질러 놓겠다고 했고, 돌쇠 아버지는 돌쇠에게 한 번만 더 사람에게 돌멩이를 던지면 손모가지를 분질러 버리겠다고 했다. 말은 그렇게 했지만 술잔이 몇 번 오가자 두 아버지는 평소처럼 사이좋은 친구로 돌아갔다.

정작 돌쇠는 어머니가 해 준 맛있는 음식을 앞에 두고도 분한 마음이 풀리지 않았다. 앉은뱅이 병신이라고 먼저 놀린 건 꽃분이인데 아버지에게 작대기로 맞은 게 분할 뿐이었다.

분한 것은 꽃분이도 마찬가지였다. 꽃분이가 화가 가라앉지 않은 것은 돌쇠에게 돌로 맞은 것도 억울한데 아버지에게까지 맞아서가 아니었다. 무엇보다도 화가 난 건 아까 낮에 돌쇠의 돌에 맞고 강쇠 품에 안겼을 때가 생각나서였다. 그때 강쇠는 꽃분이의 귀에 대고 이렇게 말했다.

"너 한 번만 더 돌쇠에게 병신이라고 했다간 다신 네 얼굴 안 본다!"

아주 작고 차분한 목소리였지만 꽃분이 귀에는 천둥보다 더 크게 들렸다. 대추나무가 벼락에 맞아 쪼개지듯 꽃분이 마음도 쪼개져 까맣게 타 버린 듯했다. 더구나 지금 자기 얼굴은 두 번 다시 강쇠에게 보이고 싶지 않을 만큼 처참한 몰골이라는 게 더 화가 났다.

6 /
절름발이

돌쇠는 형과 나란히 잠자리에 들었지만 잠을 잘 수가 없었다. 아버지에게 맞은 게 억울해서가 아니었다. 제 편보다 꽃분이 편을 든 형이 서운해서도 아니었다. 낮에 꽃분이 뒤통수에 생겼던 과녁이 천장에 다시 나타났기 때문이었다. 그믐에 달도 뜨지 않아 깜깜한 밤인데도 돌쇠의 눈에는 과녁이 선명했다. 눈을 질끈 감아도 과녁은 더욱 또렷해졌다.

"많이 아프냐?"

강쇠가 조용히 물었다. 강쇠도 잠들지 못했던 모양이다.

"안 아파."

"돌쇠야, 아까 낮에 꽃분이한테……."

"알아. 내가 잘못했어."

돌쇠는 형마저 꽃분이를 편드는 게 듣기 싫어 아예 말머리를 잘라 버렸다.

"너, 아까 낮에……."

"아, 참, 내가 잘못했다니까!"

"그래, 그만하자."

강쇠는 입을 다물었다. 강쇠는 한참 동안 잠을 이루지 못했다. 사실 강쇠가 골똘히 생각에 잠긴 이유는 따로 있었다. 강쇠는 낮에 아주 잠깐이었지만 돌쇠가 엉덩이를 들고 일어선 것을 분명히 보았다. 꽃분이가 강쇠의 품에 안기기 직전에 돌쇠는 엉덩이를 들고 한쪽 무릎으로 지탱하고 돌을 던졌다. 안 쓰던 무릎에 힘이 들어가자 무게중심이 흔들려 마루 밑으로 떨어졌던 것이다. 한쪽 다리라도 힘을 받을 수 있다면 돌쇠는 일어설 수 있다는 뜻이 된다. 강쇠는 자기가 본 것을 누구에게도 이야기하지 않았다. 혹시라도 자신이 잘못 본 것이라면 돌쇠는 헛된 기대를 갖게 될 테고 그러면 실망만 더 커질 게 분명했기 때문이다.

형과 한 이불 속에 누운 돌쇠는 그저 날이 어서 밝기를 빌었다. 내일 파리에게도 과녁을 띄워서 바늘을 던지고 싶다는 생각뿐이었다.

다음 날, 강쇠는 돌쇠를 마루 끝에 앉히고 댓돌 위에 돌쇠의 두 다리를 나란히 올려놓았다.

"돌쇠야, 일어서 봐."

돌쇠는 가만히 형을 바라보았다.

강쇠가 돌쇠의 손을 잡아 일으켰다.

"한번 해 봐."

돌쇠는 형에게 몸을 맡기고 일어서려고 했다. 그러나 여전히 두 다리에 힘이 들어가지 않았다. 1년이 다 되도록 앉아만 있어서 돌쇠의 두 다리는 전보다 하얗고 얇아졌다. 이제 와 새삼스럽게 자신을 일으켜 세우려는 형이 이해가 가지 않았지만 돌쇠는 형을 봐서라도 일어서 보려고 애썼다. 형의 힘 덕분에 억지로 일어섰다 해도 강쇠가 손을 놓으면 돌쇠는 힘이 풀려 주르륵 마루에 주저앉고 말았다. 강쇠는 다시 돌쇠에게 손을 내밀었다.

"다시 해 보자."

"싫어. 난 못 해!"

"할 수 있어."

강쇠는 돌쇠의 어깻죽지에 손을 넣어 억지로 동생을 일으켜 세웠다. 돌쇠는 자기 마음도 몰라주고 쓸데없는 데 용을 쓰는 형이 야속했다. 형이 이럴수록 자신이 더 비참해지기 때문이었다. 돌쇠는 아예 힘을 써서 일어서지 않으려고 버텼다.

강쇠는 틈만 나면 돌쇠를 마루에 앉히고 달래고 얼러 가며 일으켜 세우려고 했다.

옆에서 조용히 지켜보던 어머니가 나섰다.

"강쇠야, 그만해라. 네가 그럴수록 돌쇠가 힘들어."

"혹시나 싶어서 그래요. 왠지 일어설 수 있을 거 같아요."

어머니가 네 마음 다 안다는 듯이 강쇠를 바라보았다. 어머니는 동생을 챙기는 강쇠의 살뜰함이 늘 기특하고 대견했다. 그러나 가족의 사랑과 정성으로 돌쇠를 일으켜 세울 수 있다면 돌쇠는 진즉에 일어서고도 남아야 했다.

"우리 힘으로 어쩔 수 없는 것도 있어. 돌쇠 너무 힘들게 하지 마라."

그래도 강쇠는 자기 눈으로 본 것이 있어서 쉽게 포기하지 않았다. 돌쇠를 부축해 일어서게 하려고 애를 썼다. 하지만 돌쇠를 드는 게 마치 커다란 바윗돌을 드는 것만큼이나 힘이 들었다. 끙끙거리며 동생을 들어 올리려는 강쇠에게 돌쇠가 말했다.

"나도 내가 앉은뱅이인 거 잘 아니까 그만해!"

강쇠는 돌쇠를 내려놓고 말없이 바라보았다. 돌쇠의 눈에서 눈물이 흘러내렸다.

"이제 그만하라고!"

돌쇠는 설움에 복받쳐 엉엉 소리쳐 울었다. 우는 돌쇠를 보며 강쇠는 그날 아무래도 헛것을 본 모양이라고 생각했다. 동생이 일어서는 걸 보고 싶은 마음에 헛것이 보였던 것이라고 여겼다. 일어설 수 없는 동생에게 일어서 보라고 하는 건 잔인한 고문이었다. 강쇠는 조용히 밖으로 나갔다.

돌쇠는 이제 파리가 과녁에 앉기만을 기다릴 필요가 없었다. 어디서든 과녁을 만들어 파리에게 바늘을 던지는 비법을 익히는 데 빠져 있었기 때문이다.

꽃분이가 돌쇠네 집 마당에 들어섰다. 아직 말괄량이 티를 못 벗은 꽃분이는 마당에 있는 돌부리를 보지 못하고 걸려 넘어졌다. 그 바람에 손에 들고 있던 광주리를 떨어뜨리자 담겨 있던 토란이며 알감자가 우다당당당 소리를 내며 쏟아졌다. 이 소리에 마루에 누워 있던 돌쇠가 부스스 일어섰다. 꽃분이는 치마를 걷어 올리고 무르팍에서 흐르는 피를 바라보았다.

"아으, 이 피 봐!"

"꼬, 꽃분아……."

꽃분이는 돌쇠는 바라보지도 않고 자기 무릎에 손을 대고 말했다.

"저 자식은 한참이나 어린 게 꼭 꽃분이래!"

"지, 지……."

"뭐? 지랄? 누님이라고 하라고!"

꽃분이는 주저앉아 무릎에서 흐르는 피에만 신경을 썼다. 꽃분이 뒤에서 커다란 지네 한 마리가 기어 나왔다. 얼마 전부터 비가 왔는데, 지네가 집으로 들어온 모양이었다. 마루에 있는 돌쇠 눈에는 지네가 선명하게 보였다. 여느 지네보다 몸집이 크고 머리끝이 붉은 게 아무래도 꽤 센 독을 가지고 있을 터였다. 지네는 땅바닥에 주저앉은 꽃분이를 향해 다가왔다. 돌쇠는 예전에 지네에 물린 아버지가 오랫동안 고생하는 것을 봤다. 돌쇠는 입을 다물었다. 괜히 지네가 있다고 알려 주면 꽃분이의 호들갑에 될 일도 안 될 게 뻔했다.

돌쇠는 잽싸게 주위를 둘러보았다. 늘 손에 쥐고 있던 바늘도 곁에 없었다. 주변에 던질 만한 것이라곤 마루 밑에 있는 작은 돌멩이 하나뿐이었다. 저걸 집을 수만 있다면 얼마나 좋을까? 가까이 있으니 조금만 팔을 뻗으면 잡을 수 있을 것도 같았다. 설사 굴러떨어진다 해도 크게 다칠 높이도 아니었다. 돌쇠는 돌멩이를 잡기 위해 팔을 쭉 뻗고 몸을 숙였다. 아니나 다를까 마루에서 떨어졌다. 그래도 손에 돌멩이는 쥐었다.

돌쇠가 마루에서 굴러떨어지는 소리에 꽃분이는 무릎에서 시선을 떼고 돌쇠를 바라보았다. 돌쇠가 꽃분이 쪽으로 돌멩이를 날렸다. 돌쇠가 돌멩이를 던지자 꽃분이가 머리를 감싸고 소리를 질렀다.

"악! 왜 그래? 암말도 안 했는데!"

돌쇠가 자기를 향해 돌을 던졌다고 생각한 꽃분이는 머리를 감싸 쥐고 말했다.

"미안해. 다신 안 그런다니까. 두 번 놀리면 난 꽃분이가 아니고 똥분이다!"

잠시 후, 눈을 뜨고 일어선 꽃분이는 더욱 놀랐다.

"엄마야!"

꽃분이는 땅바닥에 다시 엉덩방아를 찧고 주저앉았다.

"엄마, 엄마! 오빠야! 강쇠 오빠!"

꽃분이는 고래고래 소리를 질렀다. 뒤뜰에서 나뭇단을 정리하던 강쇠가 뛰쳐나왔다.

꽃분이가 놀란 이유는 지네 때문이 아니었다. 돌쇠가 나무 기둥을 잡고 일어서 있었기 때문이었다. 돌쇠 스스로도 자기가 일어선 게 놀라웠다. 다시 주저앉으려고 할 때 강쇠가 다가왔다.

"돌쇠야, 버텨 봐."

돌쇠는 부들부들 떨리는 자신의 다리와 형을 번갈아 보았다. 형이 말했다.

"한 발짝만 내디뎌 봐."

"그래, 돌쇠야. 힘내!"

꽃분이도 주먹을 불끈 쥐며 말했다.

강쇠는 팔을 돌쇠에게 내밀며 천천히 다가왔다.

"너, 지난번에도 엉덩이를 들고 일어선 거 내가 봤어. 할 수 있었어. 한 발만 내디뎌 봐."

돌쇠는 형의 응원에 힘이 났다. 그러나 그 한 발을 내딛는 게 돌쇠에겐 너무 무겁고 무서웠다.

"해 봐. 할 수 있어."

형이 눈앞에 있었다. 내 힘으로 한 발만 디디면 형에게 다가가 그 따뜻한 손을 잡을 수 있었다. 돌쇠는 기둥을 붙잡은 손을 뗐다. 오른발에 힘이 들어가는 게 느껴졌다. 발을 들어 올릴 수는 없어도 앞으로 밀 수는 있을 것 같았다. 돌쇠는 젖 먹던 힘까지 짜내어 오른발을 형 앞으로 밀어 보려고 했지만 곧바로 중심을 잃고 고꾸라졌다. 앞에 있던 형이 돌쇠를 잡아 주었다. 형이 돌쇠를 끌어안았다.

"괜찮아, 잘했어. 천천히 하면 돼. 일어섰어. 넌 이제 앉은뱅이가 아니야!"

돌쇠는 하늘이 빙빙 도는 것만 같았다. 일어서 있는 게 꿈만 같았다.

일어선 돌쇠를 본 꽃분이는 눈물을 훔쳤다. 그러다 자기 바로 옆에서 돌에 맞아 죽은 지네를 보았다.

"에구머니나, 이게 뭐야?"

꽃분이는 그제야 돌쇠가 지네를 잡을 돌을 집기 위해 마루 밑으로 떨어졌다는 것을 알았다.

앉은뱅이 돌쇠가 일어섰다는 소문은 삽시간에 동네에 퍼져 나갔다. 돌쇠네 집에서 잔치가 열렸다는 소문도 퍼져 나갔다. 처음부터 잔치를 열려고 했던 건 아니었다. 소식을 들은 동네 사람들이 축하 인사를 건네기 위해 너도나도 찾아오니 대접할 음식을 마련해야 했다. 아버지는 아예 닭과 돼지를 잡았고, 어머니는 떡

살을 앉혔다. 누구는 술을 가져오고, 누구는 안주를 가져오고, 그러다 보니 잔치가 돼 버렸다.

돌이 되어도 다른 아이들처럼 일어서서 걸어 다니지 못한 돌쇠였다. 언제 죽을지 모르는 허약한 아이가 돌상을 받으면 조상신이 일찍 데려간다고 해서 변변한 돌상도 받지 못했다. 일곱 살 돌쇠는 그제야 돌잔치를 하게 된 것이다.

온 동네가 진심으로 돌쇠의 행운을 축하해 주었다. 강쇠가 어릴 때부터 동생을 극진히 아끼더니 드디어 앉은뱅이 동생을 일으켜 세웠다느니, 어머니의 지극한 정성 덕분이라느니, 말괄량이 꽃분이가 시도 때도 없이 놀려 대서 분기탱천한 마음에 일어섰다느니, 동네에서는 한동안 돌쇠 이야기가 끊이지 않았다.

꽃분이를 물려던 지네를 잡기 위해 돌쇠가 마루에서 떨어졌다는 말을 들은 꽃분이 아버지는 돌쇠를 위해서 특별한 바늘을 만들었다. 길이는 어른 손바닥만 하고, 굵기 또한 바늘에 비할 바가 아닐 만큼 굵은 데다, 끝을 날카롭게 벼린 공격용 바늘이었다.

꽃분이 아버지가 새로 만든 바늘 한 쌈을 돌쇠에게 내밀었다.

"내 장담하는데 이 정도면 웬만한 돼지도 잡을 수 있을 거다."

돌쇠는 솜씨 좋기로 소문난 대장장이인 꽃분이 아버지가 내민 바늘을 잡았다. 돌쇠에게는 이 바늘이 돌잡이였다. 만약 돌상 위에 실과 쌀, 엽전 옆에 바늘이 놓였다면 돌쇠는 분명 바늘을 집었을 것이다. 이 바늘 한 쌈에 돌쇠는 무공을 세워 임금님께 장검을 하사받은 장군이 된 기분이었다.

돌쇠는 돌배기 아이가 하듯 걸음마 연습을 했지만 온전하게 걸을 수는 없었다. 오른쪽 다리만 겨우 힘을 쓸 수 있었고 왼다리에는 여전히 힘이 들어가지 않았다. 아버지는 돌쇠의 키에 맞춰 꼼꼼하게 나무 지팡이를 만들었다. 여전히 꼼짝도 하지 않는 돌쇠의 왼쪽 다리를 대신할 지팡이였다. 이 지팡이를 짚고 돌쇠는 혼자서 뒷간에도 갈 수 있고, 부엌에 가서 먹을 걸 챙겨 먹을 수도 있었다. 앉은뱅이 돌쇠가 절름발이 돌쇠가 된 것이다. 앉은뱅이로 살아 봤던 돌쇠는 절름발이로 살 수 있게 된 것만으로도 천지신명께 깊이 감사를 드렸다.

7
바늘대장, 김돌쇠

　이제 돌쇠는 어디든지 갈 수 있었다. 단지 남들보다 조금 더 불편할 뿐이었다. 또 과녁을 상상해서 그릴 수 있게 되자 바늘을 던지는 실력도 부쩍 늘었다. 더구나 새로 생긴 바늘은 예전에 이불을 꿰매던 바늘이 아니었다. 이 동네 최고의 대장장이가 만들어 준 바늘은 돌쇠에게 신무기나 다름없었다. 드디어 돌쇠는 기동력과 기술 그리고 신무기를 갖춘 셈이었다.

　돌쇠의 바늘 던지는 실력을 누구보다 잘 알고 있는 꽃분이가 살살 돌쇠를 꼬드겼다.

　"돌쇠야, 저기 맞혀 봐."

　꽃분이가 가리킨 곳은 남의 집 참외밭이었다.

"저런 건 바늘 안 써도 돼."

돌쇠는 작은 돌멩이를 하나 집어 들어 던졌다. 돌멩이에 맞은 참외가 바싹 터졌다. 꽃분이는 잽싸게 터진 참외를 따 왔다. 누가 보면 말짱한 참외가 아니라 터진 참외를 주웠다고 할 셈이었다. 돌쇠와 꽃분이가 지나간 자리에서는 온갖 열매들이 후두두 떨어지기 시작했다. 그러다 보니 꽃분이는 이제 열매 가지고는 성이 차지 않았다.

"돌쇠야! 이리 와 봐."

꽃분이가 돌쇠를 데려간 곳은 동네 뒷동산이었다. 뒷동산 초입에서 닭 예닐곱 마리가 돌아다니고 있었다.

"저거 잡아 봐."

"주인 있는 닭 아냐?"

"주인 있는 닭이 산에 있냐? 닭장에 있지."

"그래도 혼날 텐데."

"너 못 잡아서 그러는 거지? 자신 없구나? 하긴 살아 있는 닭을 아무나 잡을 수 있겠어?"

꽃분이가 놀리듯 말했다. 돌쇠는 발끈했다.

"아냐, 내가 왜 못 잡아?"

"괜찮아, 못 잡겠으면 못 잡겠다고 말해."

"잡을 수 있다니까!"

"그래? 그럼 한번 잡아 봐."

돌쇠가 닭을 향해 바늘을 던졌지만 빗나갔다. 풀어놓고 키우는 닭이고 날개 달린 짐승이라 생각보다 빨랐다.

꽃분이가 비아냥거리는 말투로 말했다.

"거봐, 못 잡네."

돌쇠는 보란 듯이 꽃분이 앞에서 멋지게 성공시키고 싶었다. 돌쇠는 다시 바늘을 던졌다. 머리를 겨냥해 한 방에 성공해야 했다. 잠시 후 닭 한 마리가 푸드덕거리다가 땅바닥으로 고꾸라졌다. 꽃분이가 잽싸게 닭을 들고 뛰기 시작했다.

"돌쇠야, 뭐 해? 얼른 도망쳐!"

꽃분이와 돌쇠는 꽃분이네 집에 가서 닭을 삶아 먹었다. 꽃분이는 안 먹겠다는 돌쇠 입에 쑤셔 넣듯 닭고기를 밀어 넣었다.

"이제 너하고 나는 한배를 탄 거야. 오빠한테 일렀다간 죽을 줄 알아!"

말괄량이 꽃분이가 무서워하는 사람은 닭 주인도 아니고 아버지도 아닌 오로지 강쇠 한 사람뿐이었다.

다음 날, 장골 할아버지가 굳은 얼굴로 들이닥쳤다.

"이보시게, 김 서방 있는가?"

"아버지는 안 계시는데요."

마침 집에 있던 강쇠가 문을 열고 장골 할아버지를 맞이했다.

장골 할아버지 손에는 바늘이 하나 들려 있었다. 돌쇠의 바늘이었다.

"그래? 네 아버지하고 긴히 할 얘기가 있는데 어디로 갔을거나? 어제 우리 집 닭이 닭장을 넘어간 모양이야. 너도 알지? 우리 집 닭들이 닭장 너머 돌아다니다가 저녁이 되면 알아서 들어오는 거."

"그럼요, 어르신 댁 닭은 닭이 아니라 꿩이죠. 꿩이 뭡니까. 어쩔 땐 매 같아서 손으로는 도저히 잡을 수가 없지요."

강쇠의 칭찬에 장골 할아버지의 굳은 얼굴이 살며시 펴졌다.

"그렇지! 내 그 매 같고 꿩 같은 닭이 말이야. 오늘 보니 한 마리가 통 뵈질 않는 거야. 어디로 갔나 하고 찾아보니 닭은 보이지 않고 이 바늘만 있지 뭐냐. 이게 이불이나 꿰매는 보통 바늘이 아니더라고."

그 순간 방 안에서 장골 할아버지와 형의 대화를 듣고 있던 돌쇠의 심장이 쿵 하고 떨어졌다. 어제 꽃분이와 맛나게 먹은 그 닭이 이 동네에서 꼬장꼬장하기로 소문난 장골 할아버지네 닭이었다니. 꽃분이는 뻔히 알고도 닭을 잡으라고 시킨 것이다.

그때 강쇠가 얼른 닭장에 가서 닭 한 마리를 잡아 들고 나왔다.

"어르신, 사실 어제 산에 나무를 하러 가는데 닭 한 마리가 돌아다니더라고요. 혹시 삵이라도 만날까 봐 잡아 두고 있었습니다. 날이 밝으면 다시 그 자리에 가져다 놓는다는 걸 그만 깜박했어요. 죄송합니다. 우리 닭 중에서도 이보다 크고 날랜 놈은 없을 겁니다."

강쇠는 잡아 온 닭을 장골 할아버지에게 내밀었다.

"그래? 그렇게 매같이 날랜 닭을 넌 어찌 잡았을꼬?"

무안해진 강쇠는 말없이 고개를 숙였다. 장골 할아버지는 닭을 받아 들고 요리조리 살펴보았다.

"튼실해 보이는구먼. 우리 닭은 닭인 모양인데 어째 하룻밤 새좀 달라진 듯싶기도 하고 말이야. 하긴 하룻밤 새 하얗게 늙어버린 이도 있다는데, 뭘. 자, 이거 받아라."

장골 할아버지가 강쇠에게 바늘을 내밀며 말했다.

"언놈인지 모르겠지만 한 번만 더 그랬다간 나머지 한 다리도성치 못할 거야. 흠!"

장골 할아버지의 헛기침이 어쩐지 돌쇠에게 들으라는 소리 같아서 방 안에서 숨을 죽이고 귀를 세우고 있던 돌쇠의 손에서 식은땀이 배어 나왔다. 왠지 장골 할아버지는 범인이 돌쇠라는 걸뻔히 알고 있는 듯했다.

장골 할아버지는 강쇠를 요리조리 훑어보았다.

"넌 이제 다 컸구나. 몸이 다부지고 속도 깊은 게 이 근동에 너만 한 녀석이 없구나. 나한테 어여쁜 손녀딸이 있는데 우리 집으로 장가오련?"

"고맙습니다만 제가 아직 어려서요."

"너도 곧 장가들 나이인데 맘에 둔 처자가 따로 있는 거로구먼!"

장골 할아버지는 닭을 들고 집을 나섰다.

강쇠는 울타리 밖까지 따라 나가 정중하게 배웅했다.

강쇠가 방에 들어오자마자 돌쇠는 자초지종을 이야기했다.

"형, 그게 어떻게 된 일인가 하면 나는 안 던지려고 했는데 꽃분이가 자꾸 임자 없는 닭이라고 한번 맞혀 보라고 해서 그런 거야. 임자 있는 닭인 줄 알았으면 절대 안 그랬어."

"임자 없는 닭이 어디 있어? 요즘 여기저기 바늘을 던지고 다닌다고 아버지가 벼르고 계신 거 몰라?"

"움직이는 건 다 맞히고 싶어서⋯⋯."

"움직이는 걸 맞히고 싶으면 남의 닭 말고 새를 맞혀."

"새?"

"그래, 요즘 추수철이 가까워서 나락 파먹는 참새를 쫓느라 다들 고생인데."

추수를 앞둔 논은 황금벌판이었다. 풍년이 들었지만 그만큼 누렇게 익은 나락을 쪼아 먹는 참새 떼가 극성이었다. 저마다 허수아비를 세워 놓고 북을 쳐 가며 새를 쫓았지만 눈가림만으로는 날개 달린 짐승을 어찌 할 수가 없었다.

부지깽이도 일을 거든다는 가을이었다. 온 가족이 아침밥을 먹고 논으로 나갔다. 이제는 돌쇠도 함께 나섰다. 강쇠는 작은 돌멩이가 든 자루를 들어다 돌쇠 옆에 놓아 주었다. 아버지와 어머니와 형이 일을 하는 동안 돌쇠는 논두렁에 앉아 허수아비에 참새가 앉기를 기다렸다. 움직이지 않는 목표물을 맞히는 게 쉽기 때문이었다. 닭보다는 참새가 훨씬 작은 게 흠이라면 흠이었지만, 이제 돌쇠는 목표물을 크게 보는 재주를 갖추었다.

목표물을 눈으로 응시하면 과녁이 생긴다. 그 과녁에 던지면 된다. 돌쇠는 논두렁에 서서 허수아비 위에 앉은 참새를 향해 돌을 던졌다. 벼 위에 살포시 앉은 참새에게는 물수제비를 뜨듯이 돌을 던졌다. 그렇게 며칠이 지나자 돌쇠가 던진 돌멩이는 백발백중이었다. 무엇보다 점점 더 멀리 던질 수 있게 되었다.

나중에는 바늘로만 던졌다. 돌보다는 바늘이 가지고 다니기에 가볍고 부피도 덜 나갔다. 둥글고 무거운 돌보다 바늘이 훨씬 더 빠르고 세게 날아가 목표물에 꽂혔다. 허수아비를 과녁 삼아 맞히면 죽은 참새가 허수아비에 꽂혀 있기 때문에 바늘을 되찾기도 어렵지 않았다.

고된 일을 마치고 저녁이 되면 돌쇠네는 밥숟가락을 내려놓기가 무섭게 잠이 들었다. 돌쇠는 가족들이 모두 잠든 밤에 혼자 끙끙 앓았다. 팔과 허리가 끊어질 듯 쑤셔 댔기 때문이다. 가만히 서서 새를 향해 바늘을 던졌는데 마치 저보다 덩치가 큰 사람과 땅을 뒹굴며 싸워 댄 사람처럼 온몸이 아파 왔다.

'이유가 뭐지? 왜 이렇게 힘이 들지?'

몸이 아파도 다음 날이 되면 돌쇠는 다시 논 한가운데 서서 바늘을 던졌다. 아픈 팔과 허리는 잊고 다시 바늘을 던졌다. 쌀이는 참새가 제법 늘어났지만 돌쇠는 자신의 바늘 던지는 실력이 만족스럽지 않았다. 바늘을 던지는 횟수에 비해 잡는 참새는 적었고, 몸에는 큰 무리가 왔다. 팔을 위로 조금 들어 올려도 힘줄이 끊어질 듯 아팠다. 그래도 돌쇠는 참고 던졌다.

그날도 돌쇠는 밀려오는 고통을 잊고 바늘을 던지려는데 누군가 자기를 밀어 내는 듯한 힘을 느꼈다. 돌쇠가 힘을 모아 세게 던지면 보이지 않는 그 상대는 더 세게 돌쇠를 밀어 냈다. 돌쇠는 가만히 서서 하늘을 올려다보았다. 돌쇠를 놀리듯 유유히 날아가는 참새도 바라보았다. 그러던 돌쇠가 갑자기 땅에서 마른 풀을 줍기 시작했다. 돌쇠는 마른 풀을 들어 공중에 날렸다. 풀들이 서서히 땅에 내려앉는 모습을 지켜보던 돌쇠가 소리쳤다.

"잡았다!"

돌쇠는 허공에서 주먹을 쥐었다 폈다 하면서 웃었다. 그러곤 등을 돌려 방향을 바꾸어 바늘을 던졌다. 지나가는 참새 한 마리가 땅에 떨어졌다.

"바람, 바람이었어. 바람이 밀어 줘야 더 쉽게 잡을 수 있어. 그것도 모르고 바람을 등지고 싸웠다니, 이 바보!"

돌쇠는 자기 스스로 이 사실을 깨쳤다는 게 기뻐서 춤이라도 추고 싶은 심정이었다. 지금까지 참새 잡기가 어려웠던 것은 참새가 빨라서가 아니었다. 바람에 맞서서 무작정 어깨와 허리의 힘으로만 바늘을 던졌기 때문이었다. 새들은 바람에 올라타서 함께 날기 때문에 더 빠르고 강하게 오래 날 수 있었던 것이다. 돌쇠는 계속 땅바닥에서 마른 풀을 주워 허공에 날렸다. 바람을 타고 땅에 내려앉는 풀들을 오래도록 지켜보았다.

그때 어디선가 돌쇠를 향해 건네는 말소리가 들려왔다.

"개는 내리는 눈을 볼 수 없고, 염소도 비를 볼 순 없지. 물고기가 물을 볼 수 없듯이 사람은 바람을 볼 수 없다고 했는데, 우리 돌쇠 눈에는 바람이 보이는 거냐?"

"외삼촌!"

언제 왔는지 외삼촌은 논두렁에 앉아 돌쇠를 지켜보았다.

돌쇠는 외삼촌에게 다가가며 말했다.

"바람은 보는 게 아니에요."

"보이지도 않는다면서 어찌 바람을 잡았다고 소리친 거냐?"

"바람은 보는 게 아니라 느끼는 거예요."

돌쇠는 숨을 멈추고 손을 들어 바람을 느낀 뒤에 날아가는 참새 한 마리를 겨냥해 바늘을 던졌다. 참새가 땅에 떨어졌다. 돌쇠는 삼촌을 바라보고 말했다.

"바람을 타고 가면 더 빠르고 강해져요. 물고기도 물을 볼 순 없지만 물을 느낄 수는 있을 거예요."

"평생 책을 파면서도 자신이 뭘 배우려는지 모르는 양반네들이 많고도 많더만, 너는 지금 스스로 중요한 걸 깨쳤구나. 물을 보려고만 애쓰는 물고기들은 평생 물을 느낄 수 없겠지."

돌쇠는 외삼촌의 혼잣말을 정확히 알아들을 수는 없었다. 그러나 칭찬이라는 것은 느낄 수 있었다.

　이제 돌쇠네 논 근처에는 참새가 얼씬도 하지 않았다. 일을 마치고 집으로 돌아갈 때쯤에는 죽은 참새가 한가득 쌓였다. 돌쇠는 명실공히 날아다니는 새도 맞히는 사냥꾼이 된 것이다.

8
멧돼지 사냥

이른 추위가 매서웠다. 차가운 서리에 미처 거두지 못한 배추
가 얼어붙었다. 먹을 게 부족하기는 산에서도 마찬가지였다. 산
에 먹을 게 부족해지자 배고픈 산짐승들이 마을로 내려오기 시
작했다. 굶주린 삶이 밤사이에 마을 닭을 물어 가는 일이 잦아졌
다. 배고픈 산짐승 중에서 마을 사람들을 가장 심하게 괴롭힌 것
은 멧돼지였다. 배고픈 멧돼지는 배추와 무를 묻어 둔 밭을 파헤
치고, 집에서 기르는 가축들을 공격하고, 이를 막는 사람에게도
달려들었다. 배고프고 성난 멧돼지는 함부로 건드릴 수 없는 무
서운 존재였다. 밤이면 멧돼지가 무서워서 밖에 나다닐 수가 없
을 정도가 되었다. 급기야 낮에도 멧돼지가 돌아다니기 시작했

다. 몇몇 주민이 관에 신고를 했지만 관에서도 살펴만 볼 뿐 어찌하지를 못했다.

마을 주민들이 주변에 올무와 덫을 놓았지만 그 정도로 잡힐 멧돼지가 아니었다. 할 수 없이 동네 청년들이 모여 날을 잡아 멧돼지를 잡기로 결정했다. 청년들은 산에 올라가 멧돼지를 몰아서 잡고, 어른들은 혹시 멧돼지가 마을로 도망쳐 올 것을 대비해 산 밑에서 준비를 하고 기다리기로 했다.

"나도 갈래."

돌쇠는 위험하다고 말리는 형에게 계속 매달렸다.

"내가 바늘을 던지면 잡을 수 있어."

안 된다고 말리는 강쇠 곁에 있던 장골 할아버지가 거들었다.

"옛날 고구려 때 양만춘이라는 장군이 안시성 전투를 치를 때 그 멀리서 화살로 당 태종 이세민의 왼쪽 눈을 쏘아 맞혔다고 하지 않냐. 뼈가 없는 눈알 깊숙이 박혔으면 그때 이세민은 죽을 수도 있었지. 매처럼 날아다니던 닭도 잡은 바늘인데 멧돼지라고 못 잡을 것은 없지. 암만!"

역시 장골 할아버지는 자기네 닭을 잡은 게 돌쇠라는 걸 알고 있었던 것이다.

장골 할아버지의 말을 들은 청년들이 옆에서 거들었다.

"도움이 될 수도 있겠네."

"혹시 모르니까 돌쇠도 데리고 가는 게 좋겠다."

드디어 멧돼지를 잡기로 한 날, 강쇠는 돌쇠가 앉은 지게를 지고 산을 올랐다. 몇 날 며칠 머리를 맞대고 짠 작전이었다. 부모님의 반대가 심했지만 끼고 싶다는 돌쇠를 막을 수 없었다. 이제 바늘 던지기에 자신이 붙은 돌쇠는 실전에 나가 보고 싶은 마음이 간절했다. 강쇠가 곁에 있겠다고 약속하자 부모님은 마지못해 허락했다. 강쇠는 자기 몸이 부서져도 돌쇠가 다치게 놔둘 형이 아니었다.

강쇠는 돌쇠가 앉은 지게를 등에 지고 산길을 올랐다.

"산이 그냥 만들어진 것 같지만 각자 다 자기 길이 있어. 토끼가 다니는 길이 따로 있고, 너구리가 다니는 길이 따로 있어. 사람도 함부로 짐승들 길로 가지 않지. 여긴 멧돼지가 다니는 길이야."

강쇠는 지겟작대기로 멧돼지 발자국과 똥이 있는 자리를 가리켰다.

강쇠는 할아버지나무 아래에서 발걸음을 멈췄다. 영인산과 연결된 이 산에 오래 서 있는 참나무를 마을 주민들은 할아버지라고 불렀다. 누가 언제부터 그렇게 불렀는지 모르겠지만 산에 오르는 사람들은 이 참나무 그늘 아래서 쉬어 가곤 했다.

"우리가 저 위에서부터 멧돼지를 몰고 내려올 거야. 어쩌면 어금니 바위까지 가게 될지도 몰라. 놈은 지금 배고프고 사람 손을 타서 성이 날 대로 나 있어서 웬만해선 못 잡아. 궁지에 몰린 멧돼지는 죽기 살기로 덤빌 테고. 잘못 건드리면 사람이 죽어. 딱 한순간이야. 넌 이 할아버지나무 위에서 그 순간을 기다렸다가 바늘을 던지는 거다. 어디를 맞혀야 한다고 했지?"

"눈! 왼쪽 눈!"

돌쇠가 자신 있게 대답했다.

강쇠가 돌쇠의 눈을 똑바로 들여다보고 자기 눈을 가리키며 말했다.

"그래, 눈이야. 우린 멧돼지가 살아서 여기까지 내려오지 못하게 할 거야. 하지만 혹여라도 멧돼지가 여기까지 오게 되면 넌 눈을 맞히는 거야. 바늘이 정확하고 깊게 눈보다 더 깊은 곳에 있는 골수에까지 파고들어야 해. 알아들었지?"

돌쇠는 고개를 끄덕였다.

강쇠가 다시 한 번 힘주어 강조했다.

"멧돼지는 자기 길을 벗어나서 우리 길에 뛰어 들어왔어. 그래서 잡는 거야. 우리도 살아야 하니까. 돌쇠야, 이 나무 위에서 쥐 죽은 듯 숨어 있다가 딱 한순간을 노려서 바늘을 던지는 거야. 그 뒤엔 우리가 알아서 한다. 만에 하나 바늘이 빗나가면 넌 이 나무에 가만히 있어야 해. 알겠어?"

또다시 돌쇠는 고개를 끄덕였다. 강쇠는 돌쇠를 나무 위에 올려 주었다. 돌쇠는 나무 위 편평한 곳에 자리를 잡고 앉았다.

"오랫동안 기다려야 할지도 몰라. 최대한 편한 자리를 찾아."

밑에서 강쇠가 말했다.

"걱정 말고 올라가, 형!"

돌쇠는 나무 위에서 한 손으로 가지를 잡고 다른 한 손으로 바늘통을 감쌌다. 방에 날아 들어온 파리와 논으로 날아온 참새는 잡아 봤다. 닭장을 벗어난 닭도 이 바늘로 잡았다. 그런데 진짜 멧돼지 사냥이라니. 벌써부터 손이 떨렸다.

강쇠는 돌쇠가 올라가 앉은 나무를 두 팔로 끌어안고 조용히 읊조렸다.

"할아버지, 우리 돌쇠를 부탁드립니다. 잘 보살펴 주세요!"

강쇠는 두 손을 모아 할아버지나무에게 절을 했다. 지난 오백 년 동안 이 산의 생명을 두루 보살폈다는 할아버지나무였다. 멧돼지나 돌쇠나 할아버지에겐 똑같이 소중한 존재일 터였다.

강쇠와 동네 청년들은 돌쇠가 나무 위에 자리를 잡은 것을 확인하고 산속 깊은 곳으로 올라갔다. 한 패는 손에 징과 꽹과리와 북을 들었고, 다른 패들은 멧돼지를 공격할 몽둥이와 창을 들었다. 서로 위치를 알려 줄 깃발도 준비했다. 마을 청년들은 산 위에서부터 멧돼지를 몰아 내려올 것이다.

얼마나 지났을까? 산속 깊은 곳에서 징과 꽹과리와 북이 울리는 소리가 들렸다. 멧돼지를 발견한 것이다. 쇳소리와 북소리가 가뜩이나 떨리는 돌쇠의 심장을 더욱 세차게 두드려 댔다. 산 밑에서 기다리는 어른들도 초조하기는 마찬가지일 것이다.

얼마 뒤에 "멧돼지다!", "와!", "잡아라!" 하는 함성이 들려왔다. 그 뒤로 산속에서 청년들의 함성이 계속 울렸다. 꽹과리 소리와 북소리가 더욱 커졌다. 멧돼지를 흥분시키고 적이 훨씬 강하다는 걸 알려 주기 위해서였다. 소리가 점점 가까워졌다. 산이 울리는 듯한 소리가 났다. 멧돼지를 잡은 모양이었다. 그러나 잠시 후 꽹과리 소리와 북소리가 더욱 크고 날카롭고 요란스러워졌다. 멧돼지를 놓쳤으니 조심하라는 뜻이다. 소리만 듣고도 잡을 수 있었던 순간을 놓친 청년들이 멧돼지를 점점 아래쪽으로 몰아 내려오고 있다는 걸 알 수 있었다.

돌쇠는 멧돼지가 이 길로 나타나지 않으면 어떡하나 걱정이 되었다. 궁지에 몰린 멧돼지가 다른 길을 택할 수도 있지 않은가. 그러나 형의 말이 맞았다. 돌쇠는 멧돼지가 가까이 오고 있다는 것을 알아챘다. 흥분한 멧돼지의 발소리가 느껴졌다.

돌쇠는 바늘이 빗나갔을 때를 대비해 왼쪽 옷깃에 여분의 바늘을 꽂아 두었다. 왼손으로는 나뭇가지를 꼭 잡고, 오른손에는 멧돼지에게 날릴 길고 두꺼운 바늘을 쥐었다.

시커먼 멧돼지가 보였다. 다 보인 건 아니고 윗부분만 얼핏 보였다. 곧 한눈에 다 볼 수 있게 가까이 다가올 것이다. 그 순간을 놓치면 끝장이다. 오직 눈뿐이다. 다른 곳을 맞히면 멧돼지를 더욱 흥분시키는 꼴만 된다. 멧돼지는 콧김을 뿜으며 밑으로 내려오고 있었다.

돌쇠는 살아 있는 멧돼지를 처음 보았다. 멧돼지는 돌쇠의 예상보다 훨씬 컸다. 더구나 살의를 느끼고 흥분한 상태였다. 돌쇠는 멧돼지를 뚫어지게 바라보며 눈을 찾았다. 나무 위에서 멧돼지의 눈을 찾아내기가 쉽지 않았다. 애초에 각도를 잘못 계산했다. 돌쇠는 지금 나무 위에 있고 멧돼지는 땅에 코를 박고 거친 숨을 내쉬며 내려오고 있었다. 이 나무 위에서 멧돼지와 눈을 마주치기란 불가능했다. 멧돼지의 시꺼먼 등만 보였다.

'어떡하지? 멧돼지가 위를 올려다봐야 눈이 보일 텐데.'

그렇다면 올려다보게 해야 했다. 돌쇠는 바늘을 멧돼지의 머리통을 향해 날렸다. 팍! 바늘이 살에 꽂히는 소리가 났다. 고통을 느낀 멧돼지가 꾸에엑 소리치며 바늘을 털어 내려는 듯 몸통을 뒤흔들었다. 멧돼지는 위를 올려다보며 더욱 세게 머리통을 흔들고 몸부림쳤다. 돌쇠는 반짝하고 빛나는 멧돼지의 작고 날카로운 두 눈을 보았다. 크고 매서운 멧돼지와 눈이 딱 마주쳤다. 그 순간 돌쇠의 온몸이 졸아드는 듯했고, 손에서는 식은땀이 배어 나왔다. 왼쪽 옷깃에 꽂아 둔 바늘을 하나 뺐다. 돌쇠는 숨을 멈추고 바늘을 날렸다. 바늘 한 개가 정확하게 멧돼지의 왼쪽 눈에 꽂혔다. 성공이었다.

바늘에 맞은 멧돼지가 포효하며 몸부림쳤다. 눈을 맞혔지만 깊게 관통하지는 못한 것이다. 돌쇠는 그것을 계산하지 못했다. 그동안 돌쇠가 맞힌 작은 동물들은 바늘에 맞고서는 곧 쓰러졌다. 그러나 덩치 큰 멧돼지가 미친 듯이 몸부림을 치며 뇌를 찌르는 고통을 저렇게 참아 내리라고는 미처 예상하지 못했다.

왼쪽 눈에 바늘이 박힌 멧돼지는 돌쇠가 올라앉은 나무를 머리로 들이박았다. 돌쇠가 나무 위에 숨어 있다는 것을 알아챈 것이다. 나무가 쓰러질 듯 흔들렸다. 돌쇠의 몸도 함께 흔들렸다.

돌쇠는 서둘러 바늘 하나를 멧돼지의 오른쪽 눈을 향해 던졌다. 양쪽 눈에 바늘이 꽂힌 멧돼지는 더욱 고통스럽게 소리치며 날뛰었다. 돌쇠는 있는 힘껏 나무를 붙잡았다. 북과 꽹과리 소리가 귓가를 때렸다. 형들이 가까이에 있다는 뜻이니 조금만 참으면 된다. 그러나 돌쇠의 귀에는 멧돼지의 고통스러운 숨소리와 몸부림이 너무 크게 들렸다. 급기야 멧돼지는 몸통으로 나무를 들이박았다. 돌쇠는 두 팔로 나뭇가지를 단단히 잡고 매달렸다. 다리를 못 쓰게 된 뒤로 팔의 힘이 더 세졌다. 더구나 바늘을 던지면서 여느 청년 못지않게 단련된 팔에 더욱 힘이 붙었다. 그러나 멧돼지가 한 번만 더 나무를 들이박으면 그대로 떨어질 것만 같았다. 그렇게 되면 그야말로 죽을 듯한 고통에 아무것도 안 보이는 멧돼지에게 짓밟히는 건 시간문제였다.

그때 돌쇠의 귀에 퍽 하고 창이 날아와 박히는 소리가 들렸다. 멧돼지는 컥 소리를 냈다. 그렇지만 멧돼지는 포기하지 않고 마지막 힘을 모아 최후의 일격으로 자신을 죽음으로 몰고 간 돌쇠가 앉아 있는 나무를 들이박았다. 그 충격으로 돌쇠는 손의 힘이 풀려 나뭇가지를 놓치고 말았다. 돌쇠는 몸의 중심을 잃고 아래로 떨어지려 했다. 멧돼지의 마지막 숨소리와 함께 피비린내가 확 올라왔다.

그때였다. 정신을 잃은 돌쇠를 부르는 소리가 들려왔다.

"돌쇠야!"

형의 목소리인가? 그러나 형의 목소리보다 훨씬 두껍고 무겁고 아득한 소리였다. 그렇다고 아버지의 목소리도 아니었다. 이 소리는 돌쇠를 불렀다고 하기보다는 어디선가 깊은 곳에서 울려 왔다고 해야 맞았다. 그 목소리와 함께 거칠고 투박한 힘이 나무에서 떨어지려는 돌쇠의 옷자락을 그러잡았다. 평생을 일해 온 아버지의 손보다 훨씬 거칠고 딱딱한 손이었다.

곧 '퍽!' 하고 육중한 멧돼지의 몸이 땅에 처박히는 소리가 났다. 돌쇠도 눈앞이 까매지며 정신을 잃었다.

"돌쇠야, 돌쇠야."

돌쇠가 정신을 차렸을 때 눈앞에 나타난 것은 형의 얼굴이었다.

"나뭇가지에 옷이 걸렸어."

강쇠는 나무에 올라와 나뭇가지에 걸린 돌쇠의 옷을 풀어 돌쇠를 나무 아래로 내렸다. 나무 아래에서 돌쇠를 받아 든 청년들은 돌쇠를 들어 올렸다.

"멧돼지를 잡았어. 잡았다고!"

눈도 제대로 뜨지 못한 돌쇠 귀에 환호성이 들렸다.

나무에서 내려온 강쇠가 돌쇠를 업었다. 돌쇠가 형의 귀에다 대고 속삭였다.

"할아버지가 잡아 줬어. 할아버지가 떨어지려는 날 붙잡아 줬어."

강쇠는 할아버지나무를 향해 절을 했다.

"할아버지, 산짐승을 데려가도록 허락해 주시고 동생을 살펴 주셔서 고맙습니다."

다른 청년들도 할아버지나무를 향해 깊숙이 허리를 숙여 인사를 드린 뒤에 산에 콩과 곡식을 뿌려 주었다. 넉넉하지는 않더라도 산짐승들이 이 혹독한 겨울을 나는 데 도움은 될 것이다. 청년들은 멧돼지를 얽어맨 목도*를 메고 산을 내려왔다. 마을 입구에서 기다리던 어른들이 환호성을 질렀다.

강쇠가 돌쇠에게 말했다.

"잘했어, 바늘대장!"

잡아 온 멧돼지 덕에 마을에서는 때아닌 잔치가 거나하게 벌어졌다. 그러나 돌쇠는 잔치가 열리는 사흘 내내 꼼짝도 못 하고 앓아누웠다. 살아 있는 생명을 죽인다는 게 얼마나 무시무시한 일인지 돌쇠는 처음 몸으로 느꼈다. 한동안 멧돼지의 처절한 몸

---

* 두 사람 이상이 짝이 되어, 무거운 물건을 얽어맨 밧줄에 몽둥이를 꿰어 어깨에 메고 나르는 일.

부림과 마지막 숨통이 끊어질 때 울리던 비명에서 빠져나올 수가 없었다.

'차라리 좀 더 깊게 박혔더라면 멧돼지가 그렇게 고통스럽게 죽지는 않았을 거야.'

돌쇠는 앞으로는 함부로 바늘을 던져 생명을 해치지 않겠다고 다짐했다.

\ 9 /
어절씨구, 단오 잔치!

이듬해 강쇠는 열다섯 살이 되었다. 임금님이 왕위에 오른 지 스물네 해째였다. 통신사로 직접 왜에 갔던 관리들이 왜구가 쳐들어온다는 패와 그럴 리 없다는 패로 나뉘었다지만 백성들은 늘 하던 대로 살았다. 농사를 지어 세금을 내고 남은 곡식으로 가족과 먹고살았다. 즐거운 일은 함께 나눴고 힘들 때는 이웃의 도움과 위로를 받으며 지냈다. 나머지는 임금님과 나랏일을 하는 관리들이 보호해 줄 것이라고 굳게 믿고 자기 맡은 바 일을 열심히 해 나갔다.

단오를 맞이하여 조선 땅은 잔치 분위기로 들썩였다. 돌쇠네 마을에서도 단오 잔치가 열렸다. 아버지는 줄다리기에 쓸 줄을 만드느라 바빴다. 마을 대항으로 벌어질 줄다리기라서 줄이 건장한 남자 어른의 몸통보다 두꺼웠다. 어머니는 잔치에 쓰일 음식을 만드느라 분주했다. 꽃분이는 그네를 탈 준비를 했다. 강쇠는 마을 대표로 씨름 대회에 나가게 되었다. 강쇠는 이제 아버지보다 키가 크고 힘이 센 데다가 기술이 좋아서 이 마을에서는 강쇠가 씨름왕이었다. 돌쇠는 당연히 형이 이번 단오 씨름 대회에서 천하장사가 될 것이라고 마을 아이들에게 호언장담을 했다.

단옷날, 돌쇠는 오랜만에 집에 온 외삼촌과 함께 엿을 사 먹고 떡도 사 먹으며 신나게 구경을 다녔다. 여기저기에서 시끌벅적한 잔치판이 벌어졌다. 단오 하면 누가 뭐래도 씨름 대회가 꽃이었다. 씨름판 주위에는 벌써 사람들이 잔뜩 모여 있었다. 아버지와 꽃분이 아버지는 진즉에 자리를 잡고 앉았다. 돌쇠는 자기가 시합에 나가는 것처럼 잔뜩 긴장해 가만히 앉아 있을 수가 없었다.

강쇠는 기대대로 예선전에서부터 승승장구로 올라왔다. 그러나 결승에서 만난 상대편 선수가 만만치 않았다. 한눈에 보기에도 키는 강쇠보다 훨씬 컸고 덩치도 어마어마했다.

"못 보던 청년인데 누군가?"

아버지가 옆에 있던 꽃분이 아버지에게 물었다.

"막손이란 녀석인데, 사람들 말로는 황부자 집 양아들이라고 하더구먼."

"건장한 아들이 셋이나 있는 황부자 집에 웬 양아들이오?"

그러자 언제 나타났는지 장골 할아버지가 끼어들었다.

"말이 양아들이지 황부자 뒤를 봐주는 아이라네."

"뒤를 봐주다니요?"

아버지와 꽃분이 아버지가 동시에 물었다.

"어허, 이 사람들! 이렇게 눈치가 없어서야, 원. 쟤가 힘이 천하 장사라 여기저기 씨름판에 나타나 장원해서 먹고사는 아이인데 황부자가 그걸 보고 돈으로 사서 데려온 거야. 땅을 잡고 곡식과 돈을 빌려주고 세를 받다가 안 되면 땅을 빼앗아 가는데 힘쓸 사람이 필요했던 거지. 뒤 봐주는 애라고 하면 뭣하니까 말만 양아 들이랍시고 들인 모양이야."

장골 할아버지 말에 꽃분이 아버지가 추임새를 넣었다.

"말이 좋아 양아들이지 그럼 머슴인 거네, 머슴."

"힘이 어찌나 좋은지 역발산이라고 근동에 소문이 쫙 났다네."

장골 할아버지의 얘기를 주워듣던 돌쇠가 외삼촌에게 살짝 물었다.

"역발산이 뭐예요?"

"지금 명나라의 선조인 진나라 때 항우라는 힘센 장수가 살았 단다. 이 항우가 어찌나 힘이 센지 산을 뽑을 정도라고 해서 역 발산기개세라고 불렀거든. 힘이 아주 세다는 뜻이다."

"쳇, 힘만 좋으면 뭐 해요? 형이 씨름은 기술이라고 그랬어요."

"힘도 중요하지. 힘이 있어야 기술을 받쳐 줄 수 있는 거야."

"어찌 됐든 형이 분명히 이길 거예요."

"역발산 항우도 똑똑한 유방에게 졌으니 승부는 겨뤄 봐야 알 겠지. 하나 우리 강쇠가 체격이 많이 밀리는구나. 잘못하다 다치 는 건 아닌지 모르겠다."

외삼촌은 걱정부터 앞세웠지만 돌쇠는 절대 그럴 리가 없다고 형을 믿었다.

드디어 결승전이 시작되었다. 이긴 자에게는 부상으로 황소 한 마리가 주어졌다. 돌쇠는 벌써 그 황소가 자기 집 외양간에 들어가 여물을 먹는 모습을 떠올렸다.

첫판이 시작되었다. 강쇠가 상대를 파악하려고 샅바에 힘을 넣으려는 순간 막손이가 강쇠를 들어 올려 패대기쳤다. 경기를 시작한 지 몇 초 되지도 않아 벌어진 일이었다. 맥없이 강쇠가 모래판에 고꾸라지자 여기저기에서 안타까운 탄성이 절로 나왔 다. 그 모습이 마치 어른이 작은 아이를 패대기치는 듯 보였기 때문이다. 돌쇠는 주먹을 불끈 쥐고 막손이를 욕하기 시작했다.

꽃분이 아버지가 벌떡 일어나 심판에게 다가가 을러댔다.

"아직 샅바도 제대로 안 잡았잖아. 이건 반칙이지!"

그러나 심판은 막손이의 손을 들어 올려 첫판의 승자임을 알 렸다.

꽃분이 아버지가 숨을 쌔근덕거리며 소리쳤다.

"어이구, 저런 나쁜 놈. 사람을 아주 그냥 패대기치네."

두 번째 판이 시작되었다. 강쇠는 신중하게 접근했다. 다리에 힘을 주고 버텼다. 막손이는 강쇠를 번쩍 들어 올리려고 했지만 체구는 작아도 강단이 있는 강쇠는 쉽게 들리지 않았다. 오히려 강쇠는 막손이가 자기를 들어 올리려고 잠깐 자세를 가다듬는 찰나를 놓치지 않고 뒤로 살짝 빠졌다. 방심한 막손이는 자기 체중에 의해 무릎이 땅에 닿고 말았다. 두 번째 판은 꾀 많은 강쇠의 승리였다.

씨름판 주변으로 더욱 많은 사람이 몰려들었다. 시합은 어느새 2 대 2로 마지막 한 판을 남겨 두었다. 처음에는 모두들 막손이가 쉽게 이길 거라고 예상했지만 마지막에는 누가 이길지를 놓고 내기를 거느라 분위기가 뜨거워졌다. 강쇠의 버티기가 만만치 않았기 때문에 승부를 예측하기 어려웠다. 이제 구경하는 사람들도 샅바를 잡은 선수처럼 손에 땀을 쥐었다.

막손이는 금방 끝날 것 같은 씨름이 마지막 판까지 끌려온 게 어이가 없었다. 한주먹 거리도 안 되는 녀석이 자신의 허점을 알아채고 기술을 걸어 들어오는 게 영 마뜩지 않았다. 더구나 여기서 지면 자기 체면이 말이 아니었다.

막손이는 그야말로 찢어지게 가난한 집에서 태어나 일찍부터 남의 집에서 밥을 얻어먹고 살았다. 다행히 타고난 힘이 좋아 씨름판에서 장원을 했다. 그 뒤로 찾는 이가 부쩍 많아졌다. 그러나 어찌 된 일인지 아무리 일을 해도 집안은 가난에서 벗어나질 못했다. 빚을 갚을 만하면 아버지가 노름에 손을 대서 또 빚이 생겼다. 살림이 좀 나아질 만하면 병약한 어머니가 몸져눕거나, 줄줄이 딸린 동생들이 사고를 쳤다. 그걸 막아야 하는 것은 늘 막손이 몫이었다.

막손이는 돈이 있고 체면을 챙겨야 하는 사람들이 차마 남의 눈이 무서워 하기 싫어하는 일을 하면 돈을 더 많이 벌 수 있다는 걸 알았다. 그렇게 돈 많고 힘 있는 사람들 밑에서 눈치를 보며 일을 해 주고도 무시당하며 살아온 막손이의 삶에서 유일한 즐거움은 바로 씨름이었다. 황부자 집에 오게 된 것도 안성 씨름판에서 장원을 한 덕이었다. 막손이의 씨름 솜씨를 유심히 지켜본 황부자가 많은 돈을 약속하며 자기 집 일을 봐 달라고 했다. 막손이는 그 돈으로 집안의 빚을 갚고 이 마을로 왔다. 그러니 이 씨름판에서 당당히 장원을 해서 황부자 체면을 세워 줘야 했다. 그래야 황부자가 돈 들여 사 온 자기 몸값을 하는 셈이었다.

마지막 판이 시작되었다. 막손이는 일부러 강쇠의 샅바를 세게 그러쥐었다. 아마 사타구니가 쪼여든 것처럼 아플 것이다. 아니나 다를까 강쇠의 얼굴이 일그러졌다. 빨리 승부를 봐야 한다. 막손이는 심판이 손을 마저 다 올리기도 전에 재빨리 발밑으로 모래를 그러모았다. 심판이 손을 올려 경기 시작을 알리기 직전 막손이는 발로 모래를 찼다. 강쇠의 눈에 모래를 뿌려 시야를 가릴 심산이었다. 강쇠는 모래를 피해 얼굴을 뒤로 뺐다. 그 틈을 타서 막손이는 강쇠를 주저앉히듯 눌렀다. 체격이나 힘에서 막손이가 월등했다.

경기 시작을 알리는 심판의 손이 올라가자마자 막손이는 인정 사정 보지 않고 더욱 세게 강쇠를 눌렀다. 강쇠의 무릎이 휘청하는 순간 막손이는 그대로 강쇠의 몸 위로 넘어졌다. 어깨로 강쇠의 목을 쳤다. 잘못하면 목뼈가 꺾이거나 턱이 돌아갈 수도 있었다. 하지만 막손이는 상대에 대한 배려 따위에는 신경도 쓰지 않고 온몸으로 강쇠를 덮쳐 버렸다. 목뼈가 무사하다 해도 밑에 잘못 깔리면 막손이의 체중 때문에 팔이든 다리든 어디 하나가 부러질 수도 있었다. 밑에서 고통스러운 신음 소리가 올라왔지만 막손이는 개의치 않았다.

막손이에게 씨름은 단오 잔치의 흥겨운 놀이가 아니었다. 정정당당이란 말은 같은 처지에 있는 사람끼리 겨룰 때나 쓰는 거라고 막손이는 생각했다. 황부자 집에 팔려 온 막손이에게는 씨름판의 우승이 절실했다. 어떤 짓을 해서라도 이겨야 했다. 구경하던 남자들이 심판을 제치고 씨름판에 뛰어들었다. 막손이를 떼어 놓으려 했지만 막손이는 일부러 할 수 있는 한 힘껏 버텼다. 그 모습이 또 한 판의 씨름 같았다. 물론 이 한 판은 막손이와 여러 사람의 씨름이었다. 사람들 손에 의해 막손이는 강쇠에게서 떨어졌다.

심판이 막손이의 손을 들어 올렸다. 단오 씨름왕은 막손이에게 돌아갔다. 구경꾼들은 박수를 치지 않았다. 오히려 흉을 보는 눈치였다. 막손이는 남들의 눈 따위는 아무 상관 없었다. 막손이에게 필요한 건 황소와 함께 단오 씨름왕이라는 이름이었다.

강쇠는 한동안 모래판에서 일어설 수가 없었다. 처음엔 숨조차 제대로 쉴 수가 없었지만 곧 정신을 차렸다. 눈을 떴을 때 양손을 번쩍 치켜들고 우승의 즐거움을 누리는 상대의 얼굴이 보였다. 상대가 잠깐 눈을 내리깔고 강쇠를 바라보았다. 강쇠도 막손이를 올려다보았다. 둘의 눈빛이 강하게 부딪쳤고 막손이가 씨익 웃으며 먼저 눈길을 피했다. 강쇠는 숨을 뱉어 모래를 토해 냈다. 입안이 깔끄러운 것은 모래 때문만이 아니었다. 강쇠는 애타게 자기를 바라보는 돌쇠를 올려다보았다. 곧이어 돌쇠가 조용히 엄지손가락을 세웠다. 강쇠는 동생을 바라보며 조용히 웃었다.

멀리서 지켜보던 황부자는 많은 돈을 주고 막손이를 데려오길 잘했다는 생각에 흐뭇한 웃음을 지었다. 이 일로 막손이가 천하장사라는 것을 마을 사람들이 모두 알게 된 것이 무엇보다 마음에 들었다. 황부자가 원하는 것은 정정당당한 승부 따위가 아니었다. 자신이 마음만 먹으면 어떤 힘을 써서라도 이길 수 있다는 본때를 많은 사람에게 보여 주는 것이었다. 막손이는 지금 황부자가 원하는 것을 그대로 보여 준 셈이다.

10

물꼬를 트자!

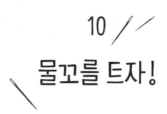

단오가 지나고부터 날이 가물었다. 논바닥의 물이 마르기 시
작했다. 어쩌다 비가 내리긴 했지만 가뭄을 적실 단비가 아니라
잠깐 지나가는 소낙비 정도였다. 무더위는 예년보다 일찍부터
기승을 부렸다. 논에 고인 물을 먹고 햇빛을 받고 벼들이 죽죽
위로 자라야 할 시기였다. 그런데 햇볕은 날이 갈수록 더욱 뜨거
워졌다. 바짝바짝 말라 가는 땅에 물을 대지 않으면 벼가 마르기
시작할 터였다. 이 위기를 넘기지 못하면 올해 벼농사는 망치는
것이다.

용골 사람들은 계곡물을 받아 농사를 지었다. 몇 년 내리 이어
지는 가뭄이 아니고는 계곡에서 내려오는 물은 마르지 않았다.

산기슭을 일구어 만든 수렁논이라 일은 힘들어도 용골 사람들에게 계곡은 귀중한 수원지였다.

처음에 황부자는 산 아래 논을 기반으로 재산을 일구었다. 그런데 어찌 된 일인지 황부자가 몇 해 전부터 계곡 근처의 수렁논을 사들이기 시작했다. 농사를 망치거나 가세가 기운 사람들은 땅을 잡히고 황부자에게 곡식을 빌려 갔다. 그다음 해에도 농사가 시원치 않으면 그 땅은 황부자가 가지고 원래 주인은 황부자의 소작농이 되었다. 어느덧 상류 지역에 황부자가 가진 땅은 점점 더 넓어졌다.

날이 가물어 물이 부족해지자 사람들은 황부자가 상류 지역 논을 사들인 이유를 알게 되었다. 물이 부족해지자 황부자는 물을 모아 두고 물꼬를 막아 버렸다. 논에 들어온 물길을 위에서 막아 밑에 있는 다른 논으로 흐르지 못하게 했다. 황부자는 논옆에 움막을 짓고 막손이에게 물꼬를 지키게 하였다. 농부들이 몰려와서 물꼬를 트는 걸 막기 위해서였다.

이번 가뭄은 예사롭지 않았다. 황부자네와 제법 떨어진 돌쇠네 논도 가물었다. 이 근방에서 물이 있는 논은 계곡과 가까운 황부자네 논뿐이었다. 물꼬를 터서 물이 흐르게 하면 부족하나마 모두가 가뭄을 견디어 낼 수 있었다. 그러나 황부자는 물꼬를 꼭꼭 틀어막았다. 물꼬를 터 다른 논에도 물을 내려보내라고 찾아갔다가 맞고 돌아와 앓아누운 이가 한둘이 아니었다.

성난 농부들이 모여들기 시작했다. 관에 신고를 했지만 어찌된 일인지 관에서는 모르쇠로 일관했다. 황부자가 이미 뇌물을 줘 손을 써 놓았기 때문이란 걸 모르는 이가 없었다.

더는 가만히 앉아 있을 수만은 없는 노릇이었다. 마을 농부들이 모였다. 돌쇠 아버지와 꽃분이 아버지가 그 중심에 있었다. 황부자네 땅으로 쳐들어가기 위해 동네 어른들이 손에 횃불을 들고 모였다. 이른 저녁을 먹고 깜박 잠이 든 돌쇠를 강쇠가 깨웠다.

"돌쇠야, 너도 가자. 바늘을 준비해."

"난 이제 바늘 안 던질 건데."

"땅을 지키지 못하면 우리는 굶는 거야. 힘으로는 그 녀석을 못 이겨. 여럿이 싸우면 이길 수야 있겠지만 우리 중에 누군가 먼저 다치게 될 거야. 작전을 짜야 다치지 않고 이길 수 있어."

마을 사람들이 한 손에는 횃불을 높이 들고 다른 손에는 농기구를 들고 황부자네 논을 향해 걸어가는 모습은 비장했다. 이렇게 하지 않으면 가족이 굶을 수밖에 없다. 가족을 굶기지 않으려면 그나마 작더라도 대대손손 일해 온 자기 땅을 황부자에게 팔고 머슴을 살거나 아예 노비가 돼야 했다. 황부자가 노리는 것은 바로 그것이었다. 황부자를 막기 위해서는 물꼬를 터야 했다. 사람들이 황부자네 논에 도착하자 기다렸다는 듯이 막손이가 나타났다.

어른 격인 장골 할아버지가 나섰다.

"어서 물을 내려보내라."

"저는 아버님께 물꼬를 지키라는 명을 받고 나왔습니다. 이 땅에 손을 대면 누구든지 가만두지 말라고 하셨습니다. 아버님 말씀이라면 꼭 지켜야지요. 그게 효도 아닙니까?"

막손이는 짐짓 효심 가득한 아들인 척 능청을 떨었다.

"가만두면 알아서 흐르는 물인데, 왜 억지로 물을 막아 이 가뭄에 농사를 망치게 하느냐?"

돌쇠 아버지가 나섰지만 막손이는 천연덕스러웠다.

"저는 농사 같은 거 잘 모릅니다요. 그냥 아버님이 지키라면 지키고, 막으라면 막는 것뿐입니다."

"당장 물꼬를 틉시다!"

흥분한 동네 어른이 앞으로 나섰다. 막손이는 앞으로 나선 동네 어른을 가볍게 들어 올려 내팽개치듯 패대기쳤다. 동네 어른은 "어이쿠!" 소리를 지르며 땅바닥에 나뒹굴었다.

"물꼬를 틉시다!"

다음 사람이 나섰지만 결과는 마찬가지였다. 마을 주민이 연달아 나가떨어지는 모습을 보자 선뜻 앞으로 나서려는 사람이 없었다. 역발산의 힘을 제대로 맛보고 싶지는 않았기 때문이다.

돌쇠 아버지가 삽을 들고 앞으로 나섰다. 삽을 든 돌쇠 아버지가 막손이 앞을 지나가려 하자 막손이는 돌쇠 아버지가 들고 있던 삽을 뺏어 내동댕이쳤다. 그러고는 양팔로 돌쇠 아버지를 안아 힘을 주었다. 돌쇠 아버지는 커다란 구렁이에게 감긴 사람처럼 숨을 쉴 수가 없었다. 막손이의 양팔이 조여드는 힘에 꼼짝을 할 수가 없었다.

막손이는 돌쇠 아버지를 더욱 세게 조이며 소리쳤다.

"어느 놈이고 한 발짝만 더 와 봐. 이렇게 으깨 버릴 테니까!"

돌쇠가 형을 바라보았다. 강쇠는 아직은 아니라는 듯 고개를 가로저었다. 강쇠가 막손이 앞으로 다가갔다.

"그 손 놔라."

강쇠를 본 막손이는 팔의 힘을 풀었다. 아버지는 풀려났지만, 그대로 땅바닥에 주저앉았다. 막손이가 조이는 힘이 어찌나 센지 아버지는 숨을 제대로 쉴 수가 없을 정도였다.

막손이는 씨름판에서 만난 강쇠를 알아보았다.

"이번엔 네놈에게 씨름판 모래 대신 논바닥의 흙을 먹게 해 주랴?"

"우린 물을 흐르게 하러 온 것뿐이다."

막손이는 팔을 뻗어 강쇠의 목을 움켜쥐려 했다. 강쇠가 막손이의 팔을 잡아 힘으로 버텼다. 그 모습이 우직한 곰과 날랜 호랑이가 앞발로 씨름을 벌이는 듯했다. 그러나 막손이의 팔을 잡고 버티던 강쇠의 팔이 부들부들 떨려 왔다. 힘만으로는 막손이를 이길 수 없었다.

"돌쇠야!"

강쇠가 동생의 이름을 불렀다.

그때 돌쇠가 바늘을 던졌다. 바늘은 막손이의 왼쪽 무릎에 가서 박혔다. 강쇠는 그 틈을 놓치지 않고 발로 막손이의 오른쪽 오금을 쳤다. 다리의 힘이 풀린 막손이가 휘청거리자 강쇠는 막손이의 팔을 뒤로 비틀어 주저앉혔다. 막손이가 고꾸라지자 사람들은 앞다투어 달려가 물꼬를 텄다.

"뭣들 하는 거야!"

소식을 들었는지 말을 타고 나타난 황부자가 소리쳤다. 황부자 뒤에서 낯선 일꾼들이 몽둥이를 들고 따라왔다.

황부자는 무릎을 꿇고 주저앉은 막손이를 바라보았다.

"물길을 지키라고 비싼 돈을 주고 데려왔더니 게 주저앉아 뭘 하는 거냐?"

막손이는 마음 같아서는 당장 일어서서 강쇠를 한주먹에 때려 눕히고 싶었지만 바늘이 박힌 다리가 움직이질 않았다. 더구나 강쇠가 두 팔을 누르는 통에 옴짝달싹 못하고 제 분을 삭이지 못해 씩씩거리고만 있었다.

돌쇠 아버지가 황부자 앞에 나섰다.

"물꼬를 터 물을 흐르게 하시오."

"내 땅을 건드리는 자는 용서치 않는다. 이 땅은 내 것이다."

황부자가 소리쳤다.

농부들이 맞받아 소리쳤다.

"물은 당신 것이 아니오!"

"물은 하늘이 내려 준 우리 모두의 것이오!"

"물이 있어야 농사를 지을 수 있소!"

황부자가 데려온 일꾼들이 성난 농부들 앞을 가로막았다.

돌쇠 아버지가 황부자가 데려온 일꾼들을 설득하려고 나섰다.

"보아하니 이 동네 사람들은 아닌 모양인데 비켜 서시오. 이 물이 있어야 우리와 처자식이 먹고살 수 있소."

하지만 황부자는 일꾼들에게 소리쳤다.

"이자들을 모두 끌어내라!"

그때 황부자가 탄 말이 갑자기 코에서 김을 뿜으며 앞발을 들어 올렸다. 돌쇠가 던진 바늘이 말의 무릎에 꽂힌 것이다. 말은 고통을 참지 못하고 날뛰었다. 그 바람에 황부자는 말에서 떨어졌다.

황부자가 말에서 떨어지자 농부들은 소리를 지르며 다 함께 일꾼들을 향해 달려들었다. 황부자의 일꾼들은 돈을 받고 일하러 온 사람들이고, 물꼬를 트러 온 사람들은 대대로 이 동네에서 함께 살았던 농부들이다. 뉘 집에 숟가락이 몇 개인지 쌀독에 쌀이 얼마나 남았는지 훤히 아는 처지였다. 물길을 열지 못하면 가족을 먹일 방법이 없는 마을 농부들은 죽기 아니면 까무러치기라는 심정으로 이곳까지 왔다. 외지에서 돈을 받고 일하러 온 일꾼들은 목숨을 걸고 싸우고 싶지는 않았다. 곡괭이와 삽이 부딪치는 날카로운 소리가 났지만 일꾼들은 서서히 뒤로 밀렸고 급기야 뿔뿔이 흩어져 도망치기 시작했다.

마을 사람들은 물꼬를 텄다. 그러곤 한잠도 자지 않고 물길을 지키며 주위 논에 물을 대기 시작했다. 굶주린 자식의 목구멍에 밥이 넘어갈 때처럼 다디단 물소리가 논두렁에 울려 퍼졌다.

다음 날 황부자는 뇌물을 주기 위해 관아로 현감을 찾아갔다. 그러나 마을 사람들이 충청 관찰사에게 청원을 넣으려 한다는 소식을 듣고는 맥없이 돌아왔다. 그동안 황부자의 일을 눈감아 준 현감도 충청 관찰사의 추궁이 두려워 더는 황부자를 도와줄 수 없었다. 황부자 역시 마을 공동체와 대립하는 이런 일은 멀리 말이 퍼지기 시작하면 누구보다 자신에게 불리하다는 걸 잘 알았기 때문에 이번에는 조용히 넘어갈 수밖에 없었다.

11
임진년의 왜침

1592년, 임진년의 해가 떠올랐다. 가을이면 열여섯 생일을 맞이하는 강쇠는 새해 덕담으로 이제 혼인할 때가 다 됐다는 말을 듣는 게 싫지 않았다. 강쇠와 돌쇠 사이에서 누이처럼 자란 꽃분이가 어느 순간부터 강쇠 눈에 예쁘게 보이기 시작했다. 꽃분이 곁을 지나칠 때마다 이름처럼 꽃향기가 나는 듯했다.

열네 살인 꽃분이도 이제는 강쇠네를 제집 드나들듯 하지 않았다. 혼인 이야기가 나오는데 조신하게 행동하라는 아버지의 엄명이 떨어졌기 때문이었다. 어릴 때부터 강쇠 하나만 바라보고 자란 꽃분이였다. 자상하면서도 듬직한 강쇠와 혼인할 생각에 꽃분이도 들떠 있었다.

강쇠와 꽃분이의 혼인을 반대한 사람은 돌쇠뿐이었다.

"난 싫어."

"왜? 꽃분이가 그렇게 싫어?"

어머니가 의아해서 물었다.

"지금까지 꽃분아 꽃분아 하고 불렀는데 혼인하면 형수님이라고 불러야 하잖아."

돌쇠의 귀여운 볼멘소리에 강쇠와 부모님은 웃었다. 늘 티격태격해도 돌쇠를 아끼는 꽃분이의 마음을 잘 알고 있기 때문이었다. 사실 말은 그렇게 했어도 다른 아이들이 절름발이라고 놀리면 끝까지 쫓아가 혼이라도 내는 게 꽃분이라는 걸 돌쇠도 잘 알았다.

아무리 가깝게 지내는 사이라고 해도 어찌 되었든 혼인은 양쪽 집안의 약속과 절차가 필요했다. 강쇠와 꽃분이의 혼인은 바쁜 봄 농사일을 끝내고 단오 무렵에 하기로 했다.

설이 지나고 3월이 되자 외삼촌 임행이 헐레벌떡 집에 들이닥쳤다. 임행은 아버지를 붙잡고 다급하게 이야기했다.

"큰일 났네! 전쟁이 날 모양이야!"

"전쟁이라니요? 처음 듣는데요. 나라에서 그럴 일은 없다 하지 않았습니까?"

"말은 그러한데 돌아가는 낌새가 아주 이상해. 지금 부산포에서 올라오는 길인데 부산포 왜관에 왜인들은 둘째치고 쥐새끼

한 마리도 아니 보여. 모두 왜로 돌아갔다는 말이네. 전쟁이 날 줄 알고 미리 피난을 간 거야. 게다가 부산포와 동래 앞바다를 드나들던 그 많던 왜인 상선들도 싹 사라졌어. 왜에서 얼마 전에 들어온 사람 말에 의하면 지금 왜가 쓰시마에 군대를 모으고 있다고 하네. 쓰시마는 한나절이면 조선으로 쳐들어올 수 있는 거리야. 이 땅에서 곧 전쟁이 터질 모양일세."

"저들이 원하는 게 뭔데요? 쳐들어오는 이유가 있을 게 아닙니까?"

"길을 내 달라는 거야. 명나라를 칠 테니 조선이 그 길을 내 달라는 거지. 왜는 오래전부터 우리에게 그리 요구해 오지 않나. 그 말이 헛말이 아니었던 거야."

"아니, 말 못 하는 짐승도 다 제 갈 길로만 다니는데 그게 무슨 경우랍니까?"

"도요토미라는 자가 왜를 통일했다고 하네. 그자가 지금 차고 넘치는 무사들을 몰아 명까지 쳐들어가겠다고 설치는 모양이야. 상인들의 말을 흘려들어선 안 되네. 세상 돌아가는 흐름을 누구보다 빠르게 알아채는 게 바로 상인들일세. 곧 폭풍이 몰아칠 거야. 어서 준비를 하게."

"준비를 하다니요?"

아버지는 아무것도 모르겠다는 얼굴로 물었다. 임행은 빤한 걸 묻는 돌쇠 아버지가 답답했다.

"도망을 쳐야지!"

"어디로요?"

"조선으로 들어오려면 어찌 됐든 배를 타야 하니 왜구는 일단 가까운 부산포와 동래 쪽으로 쳐들어올 거야. 길이 뻔하지 않나. 어쨌든 가장 빨리 한양으로 갈 수 있는 영남대로를 택하겠지. 그 다음엔 이 근처 삼남대로로 들어올 테고. 육지 길로 군수를 나르기는 어려울 테니 곧 배로 한양까지 군수를 나를 게 틀림없어. 자네는 옥이하고 애들 데리고 어디 시골 깊은 곳으로 숨게. 이곳은 삼남대로 가까이 있어서 위험해. 안 되면 명으로라도 피난을 가야지."

"전 못 갑니다."

"못 간다고?"

전쟁 소식을 미리 알리기 위해 한달음에 달려온 임행은 맥이 쫙 빠졌다.

"내 집 내 땅을 두고 어디로 가서 산답니까? 전 여기 있을 겁니다. 설사 전쟁이 난다 쳐도 나라를 지켜야지 도망은 못 갑니다."

임행은 고지식한 매제가 답답했다.

"이건 전쟁이야. 자네야 그렇다 쳐도 강쇠도 전쟁터에 끌려갈 테고, 우리 옥이하고 다리도 불편한 돌쇠는 어쩔 건가?"

"아직 일어나지도 않은 전쟁입니다. 나라에서 이 소식을 알고 가만히 있겠습니까? 방도를 세우겠지요. 나라에서 싸우라 하면 싸우고 피난을 가라 하면 그때 가겠습니다."

"이렇게 답답한 노릇을 봤나. 지금 쓰시마에 모인 왜구가 수십만인데, 우리 조정에선 해묵은 싸움질이나 하고 전쟁의 전 자만 흘려도 헛소문을 냈으니 죽이겠다고 난리일세. 왜구가 눈앞에서 칼을 휘두를 준비를 하는데 내 눈만 가리면 된다는 격이라고. 조정 따위 믿지 말고 어떻게든 도망쳐야 해. 명으로 가겠다면 방법은 내가 알아봄세. 정 어렵다면 옥이랑 애들만이라도 미리 피신시키게."

그때까지 옆에서 듣고만 있던 어머니가 말했다.

"우리는 같이 있을 거예요. 애들 아버지를 두고 우리만 몰래 빠져나가서 살면 뭐 한대요? 이웃 사람들은 어쩌고요. 같이 살 방법을 찾아야죠."

"이런 답답한 일을 어찌할꼬."

임행은 가슴만 치다가 한양의 동태를 알아보고 오겠다며 서둘러 길을 나섰다.

이제 바야흐로 농번기가 시작되었다. 한 해 농사를 시작할 수 있게 논에 물을 대고 흙을 갈 준비를 해야 했다. 전쟁이 터질 것이란 소식을 듣고도 아버지는 맨 먼저 논에 나가 일을 시작했다. 아버지는 한양이 있는 북쪽을 바라보고 한숨을 쉬었다. 이번에도 부디 그냥 헛소문으로 지나가기만을 빌 뿐이었다. 전쟁이 터진다 해도 임금님이 강건하시니 잘 막아 낼 것이라고 믿고 삽을 들어 묵묵히 자기 몫의 일을 했다.

　4월 중순, 기어이 동래와 부산포 쪽으로 왜구가 쳐들어왔다는 소문이 들려왔다. 관에서는 쉬쉬하는데 소문은 삽시간에 퍼졌다. 왜구가 쳐들어왔다는 소식을 갖고 파발마가 한양으로 가는 걸 직접 보았다는 사람까지 있었다.

　"파발마가 떴는데 봉화는 왜 잠잠했지?"

　"글쎄, 어찌 된 일인지 봉화가 올랐다는 소식은 못 들었는데 파발마는 확실히 한양으로 올라갔다니까!"

　"그럼 우린 어찌해야 되는겨?"

　"싸워야지."

　"손주까지 본 사람이 군졸이 되겠다고? 아서라, 말아라."

　"이제 막 논일 시작인데 이게 뭔 일이래."

　이렇게 사람들이 모인 곳에서는 소문만 무성하고 대책은 없었다. 조선은 개국한 이래 200년 동안 전쟁이 없는 태평세월을 보내는 중이었다. 지금 부산과 동래 지방은 순식간에 쑥대밭이 되어 왜적의 손에 죽어 나가는 백성들의 피비린내가 진동을 했지만, 내륙에 사는 농민들은 소문 이외에는 이미 터진 전쟁의 참상을 알아챌 수 없었다.

　드디어 관에서 일본군이 쳐들어왔음을 알리고 징병에 들어갔다. 돌쇠네 집에서는 마흔이 되지 않은 아버지가 출전하게 됐다.

가을이 되어야 열여섯 살이 되는 강쇠는 아직 징병 대상은 아니었으나 예비 잡색군*으로 고향을 방어하는 일을 도와야 했다. 조선은 전쟁이 나면 각 마을에서 농사를 짓던 농민들이 군사가 되어 전략적 요충지에 집결했다가 조정에서 보낸 장수의 지휘를 받아 적군에 맞서 싸우는 구조였다.

북쪽 오랑캐와 싸워 한 번도 진 적이 없다는 신립 장군이 충청도와 전라도, 경상도의 지휘관이 되어 기마 부대를 이끌고 내려오고 있었다. 한양을 향해 올라오는 왜적을 막기 위해 각 지역에서 군사를 모아 가며 내려왔다. 어제까지 논에 물을 대고 써레질을 하던 아버지는 출전 준비를 서둘렀다. 며칠 뒤 돌아올 것처럼 강쇠에게 당부했다.

"나머지 써레질은 네가 마저 끝내야겠다. 볍씨 뿌릴 때까지는 돌아오겠지."

"우리 걱정일랑 마시고, 부디 몸조심하세요."

아버지는 듬직한 강쇠를 향해 고개를 끄덕이고는 돌쇠를 돌아보았다. 말은 그렇게 했어도 아버지도 전쟁이 무엇인지 정확하게 몰랐다. 다만 전쟁이 터졌다는 소식을 들었을 때 아버지는 돌쇠를 가장 먼저 떠올렸다. 돌쇠는 이제 열한 살이지만 다리가 제

---

* 평상시에는 본업에 종사하다 전쟁 등 비상 사태가 생기면 일정 기간 훈련을 받고 향토 방위를 담당한 군대. 오늘날 예비군과 유사하다.

대로 자라지 못해선지 또래 아이들보다 작았다. 자신이 잘못되면 몸이 불편한 저 아이는 앞으로 이 난리통에서 어찌 살아갈 수 있을지, 아버지는 걱정이었다.

아버지가 전쟁터에 나간다는 소식에 돌쇠는 뿌루퉁해 있었다. 돌쇠는 그저 아버지가 가족을 놔두고 멀리 떠난다는 게 싫었을 뿐이다.

"돌쇠야, 형이랑 어머니 말씀 잘 따르고 있어라."

"빨리 돌아오셔야 해요."

아버지는 막내아들 돌쇠의 등을 어루만졌다.

"그래, 곧 돌아오마."

어머니는 울음이 목까지 차올랐지만 애써 눌렀다. 전쟁터에 나가는 사람 앞에서 눈물을 보이고 싶지 않았기 때문이다. 하지만 남편의 징집 소식을 듣고 밤새 소리 없이 우느라 한숨도 자지 못했다. 아버지도 이를 잘 알고 있었다. 그래서 더 할 말이 없었다.

밖으로 나가자 꽃분이 아버지가 준비를 마치고 서 있었다.

꽃분이는 눈물을 흘리며 돌쇠 아버지에게 말했다.

"가지 마요. 우리 다 같이 도망가면 되잖아. 가지 마세요."

마음속에서는 굴뚝의 연기같이 피어오르는 이 생각을 모두들 차마 입 밖으로 꺼내지 못했다. 그러나 꽃분이는 이 말을 아무렇지도 않게 내뱉었다. 꽃분이는 밤새 제 아버지를 붙잡고 도망치자고 졸랐을 게 뻔했다.

꽃분이 아버지는 딸의 애원을 못 들은 척하고 돌쇠 어머니에
게 허리를 숙였다.

"제가 돌아올 때까지 우리 꽃분이 좀 부탁합니다."

"꽃분이가 어디 남인가요? 꽃분이 걱정일랑은 마시고 부디 조
심하세요."

꽃분이 아버지는 이어 강쇠의 손을 맞잡았다.

"강쇠야, 네가 고생 좀 해야겠다. 어머니랑 동생들 잘 챙겨라.
꽃분이가 철없이 굴어도 잘 보살피고. 나는 네가 있어서 그래도
맘 편히 간다. 내 맘 알지?"

"네, 부디 몸조심하시고……."

강쇠도 목이 메어 더는 말을 잇지 못했다.

꽃분이는 울며 제 아버지에게 매달렸다. 울면서도 할 말은 다
하는 건 어려서나 지금이나 마찬가지였다.

"아버지 없으면 난 진짜 고아야. 알지? 엄마도 없는데 아버지
까지 잘못되면 난 어떡해. 꼭 멀쩡히 돌아와야 해. 나이도 많은
데 너무 앞에서 나대지 말고 뒤쪽에 있다가 불리하면 얼른 도망
치란 말이야."

"어허, 고 녀석 참! 신립 장군이 누구시냐? 나는 새도 떨어뜨
리고 지나가던 호랑이도 숨게 한다는 분이 아니시냐. 이 아비가
그런 신립 장군님이랑 같이 싸우러 가는 거다. 내 가서 왜적 놈
들이 다신 지들 고향 땅을 못 밟게 아주 그냥 도륙을 내고 돌아

오마."

 예전 같으면 꽃분이 아버지 말에 다들 한바탕 웃었겠지만 지
금은 아무도 웃을 수가 없었다. 돌쇠와 어머니, 꽃분이는 눈물을
머금고 동구 밖까지 따라나섰다. 강쇠는 마을 군사들이 모이는
관아까지 함께 갔다. 관아에 모인 군사들은 어제까지도 농사일
만 하던 농부들이었다. 출정을 앞둔 군인들인데도 전쟁보다 집
에다 놓고 온 산더미 같은 농사일에 대해서 이야기를 나눴다. 군
복도 없어서 집에서 입던 삼베 저고리 차림 그대로였다.

 얼마 후, 돌쇠 아버지 부대는 한양에서 내려와 충주로 가는 신
립 장군의 부대에 합류했다. 농사짓다 부랴부랴 소집된 오합지
졸들에 비하면 선두에 선 신립 장군의 기병은 늠름하기 그지없
었다.

 "자, 가서 왜놈들을 한 놈도 남기지 말고 싹 쓸어버리자!"
 군사들은 환호하며 신립 장군의 뒤를 따랐다.

12
탄금대의 패배

아버지가 신립 장군 부대에 합류한 직후에 외삼촌이 집에 도착했다. 어머니가 혹시나 하는 마음으로 좋은 소식을 기대하며 물었다.

"한양은 어떻던가요?"

"이제야 사태를 파악한 모양이야. 신립 장군을 문경새재로 보냈다는구나."

이것은 아버지가 참전하면서 돌쇠네 가족 모두가 알고 있는 상황이었다. 한양의 임금님과 조정 대신들도 전쟁이 터졌다는 소식을 왜구가 쳐들어온 지 사흘 만에 도착한 파발마를 통해 알게 되었다. 임행이 한양에 가서 알아 온 소식은 현재 조정에서도 별다른 대책을 찾지 못했다는 것이었다. 그 사실을 알리기 위해 내려왔지만 돌쇠 아버지는 이미 전투에 나간 뒤였다.

"새재가 어디예요?"

태어나서 고향 땅을 단 한 번도 떠나 본 적이 없는 돌쇠가 물었다.

"한양에서 영남으로 내려가려면 새재를 넘어야 한다. 산이 높으면 골이 깊기 마련이듯 이 산맥이 깊기가 이를 데 없지. 그렇지만 산과 산 사이에는 낮은 고갯길이 있기 마련이고 그 고갯길로 사람들이 넘나들지. 평소에 내가 한양에서 영남으로 드나드는 길도 여기인데 이곳이 군사적으로는 요새란 말이지. 왜적들이 한양을 삼키려면 여길 넘어야 해. 왜적이 위로 올라오는 걸 막으려면 우리가 먼저 가서 새재를 지켜야 하는 거야. 신립 장군이라면 분명 새재를 막아 낼 거다."

"거길 못 막으면 어떡해요?"

돌쇠가 물었다.

"천혜의 방벽을 신립 같은 용맹한 장수가 몰라볼 리 없지. 암, 죽기를 각오하고 막을 게 분명해. 하지만 천에 하나 아니 만에 하나라도 하늘이 우리를 버려 새재가 뚫리면 왜적이 한양까지 쳐들어가는 건 시간문제야. 그렇더라도 우리 군이 한강을 쉽게 넘도록 놔두지 않을 거야. 대포를 쏘든 무슨 수를 써서라도 막을 거야."

외삼촌의 비장한 말에 돌쇠가 맑은 눈으로 물었다.

"한양을 뺏기면 임금님이 위험하신 건가요?"

아무도 다음 말을 잇지 못했다. 다들 한마음으로 하늘에 빌었다. 신립 장군님이 새재에서 왜군을 막아 내기만을, 그래서 아버지가 무사히 돌아오기만을, 임금님이 무사하기만을 간절히 기도했다.

며칠 내내 비가 내렸다. 어머니는 마루에 나와 내리는 비를 바라보았다.

"비가 쉴 새 없이 오는구나. 논에 물 댈 때 내리는 비는 하늘이 돕는 건데, 네 아버지 계신 곳은 어떤가 모르겠다."

"많은 군사를 모아 새재로 갔으니 이기고 돌아오실 거예요."

형의 말소리가 빗소리에 묻혀 돌쇠의 귀에는 아주 작게만 들렸다.

얼마 후, 신립 장군의 부대가 새재가 아닌 탄금대에서 싸우다 대패했다는 소문이 돌쇠네 마을에도 들려왔다. 아버지가 출전한 탄금대 전투에서 살아 돌아온 사람이 거의 없다는 소문이 마을에 파다했다. 마을 주민들도 이제 피난을 떠나야 하는 게 아니냐며 수군댔다.

이 소식을 듣고도 어머니는 매번 밥상 위에 따뜻한 밥 한 그릇을 올려놓았다. 강쇠와 돌쇠는 아버지의 밥그릇을 보고 울컥했지만 아무도 아버지가 전사했을 거라는 말을 입에 올리지 않았다. 묻지도 않았다. 울지도 않았다. 말을 하고 울면 아버지의 죽음을 인정해 버리는 꼴이 될 것 같아 악착같이 참아 냈다. 그 대신 모두들 입을 굳게 다물었다.

어머니는 혼자 남은 꽃분이를 집에 데려오려 했지만 꽃분이는 완강하게 거절했다.

"아버지가 돌아와서 집에 없으면 불같이 화를 내실 거예요. 제발 좀 조신하게 있으라고 했거든요."

얼마 뒤, 또다시 비가 억수같이 쏟아지는 밤이었다.

"가, 강, 강쇠야."

처음에 강쇠는 빗소리를 잘못 들은 줄 알았다.

"강쇠야!"

이 목소리는 아버지가 강쇠를 부르는 소리가 분명했다. 강쇠가 방문을 열어젖혔다. 마당에는 아버지가 어깨에 피를 흘리며 쓰러져 있었다. 어머니와 강쇠는 맨발로 마당으로 뛰어나갔다.

강쇠는 아버지를 방에 눕혔다. 외삼촌이 아버지의 어깨 상처를 들여다보며 말했다.

"총에 맞았어. 총알이 박히지 않고 스쳤구나. 피를 많이 흘렸지만 그래도 이만하길 천만다행이야."

정신을 차리지도 못한 아버지가 중얼거렸다.

"우린 새재를 앞에 두고 충주성에 있었어. 새재에 정찰을 나갔던 신립 장군이 우린 기병이 강하니 탄금대에서 새재를 넘어오는 적과 싸울 거라고 했지. 충주성에서 십 리 밖에 남한강을 뒤로 하고 탄금대에 진을 치자 적이 나타났어. 말은 늪에 빠지고 말에 탄 기병은 총에 맞아 죽고……, 우리 보병들은 놈들의 칼에 맞고……, 나중엔 도망치다 물에 빠져 죽고……, 탄금대는 조선군 시체가 가득했고……, 강물은 핏빛으로 새빨갛게……."

누구에게 들으라고 하는 소리가 아니었다. 아버지는 눈을 감아도 생생하게 떠오르는 전장의 모습을 그냥 읊조린 것이었다. 아버지의 말을 들으며 모두가 아무 말도 하지 못하고 눈물만 흘렸다.

"어찌 살아남았는지도 모르겠어. 벌벌 떨고만 있는데 왜적에게 잡혀 질질 끌려다녔어. 살아남은 죄로 왜적들이 먹을 쌀을 지게로 날라 줬지. 적들은 충주성 안을 불태우고 백성들을 죽이고 노략질을 해 댔어. 북으로 올라가는데 잘 아는 길이 나와 적들이 한눈을 파는 사이에 도망쳤어. 뒤에서 요란한 조총 소리가 울리더니 어깨가 끊어지는 것 같았지만 계속 뛰었다. 살아야 하니까……. 적이 가진 조총에 맞으면 그 자리에서 사람이 죽어 나자빠졌어. 사지가 멀쩡한데도 가슴에 맞으면 그 자리에서 숨이 끊어져 나동그라졌어. 숨통에 총을 맞지 않으려고 몸을 숙이고 기다시피 도망쳤지."

아버지의 눈꺼풀이 심하게 떨렸다. 갑자기 눈을 뜬 아버지가 벌떡 일어나 앉아 임행을 붙잡았다.

"왜적들은 지도를 가지고 있었습니다. 조선 땅의 길과 강이 다 그려져 있었어요. 어디에 곡식 창고가 있는지도 표시돼 있었고 조선말을 할 줄 아는 왜인도 여럿 있었어요. 이 길 맞는가, 나이 몇인가, 자식 있는가, 어미 있는가, 피리 부는가, 글 하는가, 다 조선말로 물었습니다."

임행은 입술을 깨물며 말했다.

"왜는 이 전쟁을 오랫동안 철저하게 준비해 왔던 거야."

"근데 우리 조정은 어찌 가만히 있었답니까? 지금 백성들이 죽어 나가고 있습니다. 왜적이 지나갈 때 마을을 불태우고 군졸이 아닌 백성들까지 마구잡이로 잡아가고 있어요. 왜적은 뛰듯이 행군하고 있어요. 곧 임금님이 계신 한양에 도착할 겁니다. 한양을 향해 빠르게 올라가고 있다고요."

"꽃분이 아비는 어찌 되었는가?"

"모르겠어요. 아비규환 속이라 누가 누군지 알 수가 없었습니다. 그렇지만 사로잡힌 포로 중에는 없었습니다. 칼에 맞아 죽었는지, 총에 맞아 죽었는지, 물에 빠졌는지 어찌 알겠습니까. 시체가 산더미였고 강은 피로 물들었는데 갑돌이가 어디서 숨이 끊어졌는지도 모르고 그저 나 살자고……, 으흐흑!"

아버지는 기어이 참았던 울음을 토해 냈다. 죽마고우로 자란 친구를 전쟁터에서 잃고 도망칠 수밖에 없었던 비통함에 울었다. 수천 명이 죽어 나간 전장의 처참했던 생지옥이 다시 떠올라

참았던 공포가 한꺼번에 눈물이 되어 쏟아졌다. 아직도 귓속에서 조총 소리가 울렸고, 죽어 가는 사람들이 울부짖는 소리가 들렸다. 무엇보다 살이 타는 냄새와 피비린내가 코끝에서 가시지 않아 눈물과 함께 구역질이 올라왔다.

아버지가 갑자기 소리를 지르고, 수시로 경련을 일으킬 때마다 가족들은 몸서리를 치며 그저 함께 우는 것밖에 할 수 있는 게 없었다. 밖에서는 굵은 빗줄기가 계속 쏟아졌다. 그해, 1592년의 조선 땅에는 유난히 비가 많이 내렸다.

13
출전

아버지가 왜적에게서 도망쳐 집으로 돌아온, 비가 억수같이 쏟아졌던 그날 밤, 임금님은 한밤중에 몰래 도성을 빠져나갔다. 종묘사직을 두고 도망가지 않을 테니 걱정 말고 생업에 종사하라는 말을 되풀이하던 임금님이었다. 임금님이 장대비를 맞으며 궁궐을 버리고 몰래 북으로 도망쳤다는 소식은 빨리도 퍼졌다.

임금님이 종묘사직과 백성을 버렸다고 욕하는 사람도 있었고, 임금님이 살아야 나라가 사는 게 아니냐고 두둔하는 측도 있었다. 민심이야 어찌 되었든 일본군은 조선의 수도인 한양을 점령하고 명을 향해 북쪽으로 올라가는 속도를 늦추지 않았다. 그런데 남해 바다에서 이순신 장군이 이끄는 조선 수군이 옥포와 합포

해전에서 승리했다는 소식이 전해졌다. 처음 듣는 승전보였다.

전열을 가다듬은 육군도 다시 징집에 들어갔다. 경상도 군사가 모였고, 일본군이 들어가지 못한 전라도 군사 수만 명이 대기 중이었고, 온양에 모인 충청도 군사는 8천 명이었다. 이 많은 군사들이 조선의 서울인 한양을 탈환하기 위해 북으로 진격한다는 것이다. 아버지가 부상당해 돌아온 지 얼마 안 됐지만 이번엔 강쇠에게 서둘러 징집 명령이 떨어졌다.

돌쇠가 출전 준비를 하는 강쇠를 막았다.

"양반네 자식들은 전쟁에 안 나가도 된대. 황부자네는 아들을 다 시골로 피난시켰대. 왜 우리만 끌려가야 해?"

"끌려가는 게 아니야. 당연히 가야 하는 거야."

강쇠는 짐을 싸는 손길을 늦추지 않았다. 돌쇠는 더욱 애가 탔다.

"아버지는 총에 맞고 엄마는 어떡해. 가지 마, 형!"

"이건 가고 싶다고 가고 가기 싫다고 안 갈 수 있는 게 아냐. 지금 이 땅에서 전쟁이 난 거야."

"어머니, 형 좀 말려 줘요."

돌쇠는 애타는 눈길로 어머니를 바라보았다. 누구보다 강쇠의 성격을 잘 아는 어머니는 아무 말도 하지 않았다. 강쇠는 어려서부터 사리분별이 분명했고 정의로운 아이였다. 더구나 어머니 역시 아들에게 자기 의무를 저버리고 도망치라고 말할 사람이 아니었다.

돌쇠는 아예 형의 팔을 붙잡았다.

"형, 제발 가지 마."

"돌쇠야, 나라를 지키는 건 우리가 당연히 해야 할 일이야."

돌쇠는 아버지가 전쟁터에 나갈 때까지만 해도 전쟁이 뭔지 몰랐다. 그저 애들이 하는 전쟁놀이를 진짜로 하는 거려니 생각 했다. 하지만 이제는 아버지를 통해 전쟁의 실상을 전해 들었다. 죄 없는 사람들이 아무렇지도 않게 다치고 죽는 게 전쟁이란 것을 깨달았다. 전쟁은 놀이가 아니어서 한번 죽은 사람은 절대 다시 살아 돌아오지 못한다는 것도 알게 된 것이다.

형이 꽃분이 아버지처럼 돌아오지 못하면 어쩐단 말인가? 무슨 수를 써서라도 말려야 했다. 돌쇠 곁에는 늘 형이 있었다. 돌쇠에게 형이 없는 삶은 상상조차 할 수 없는 것이었다. 매달려서라도 형을 붙잡을 수만 있다면 못 할 게 없었다. 돌쇠는 아예 형의 허리를 붙잡고 매달렸다.

"우리도 도망치자! 산으로 들어가자고!"

돌쇠의 애원에도 강쇠는 전혀 흔들리지 않았다.

"갔다 올게. 이제 네가 아버지 어머니 잘 모셔야 해."

강쇠는 벽에 등을 기대고 힘없이 앉아 있는 아버지에게 큰절을 했다.

"다녀오겠습니다."

아버지는 말없이 고개만 끄덕였다. 아버지와 어머니 그리고 동생을 말없이 바라보던 강쇠는 밖으로 나왔다.

"형! 강쇠 형!"

돌쇠가 부르는 소리에 강쇠는 마당 가운데에서 뒤를 돌아봤다. 돌쇠의 손에 바늘이 들려 있었다. 강쇠는 멈춰서 돌쇠를 찬찬히 바라보았다.

돌쇠가 눈물을 훔치며 말했다.

"내가 이걸로 형 팔을 맞히고 다리를 맞히면 형은 전쟁터에 안 가도 돼. 아니, 다쳤으니까 못 가는 거야. 바늘이 깊게 꽂히면 형도 나처럼 다리를 절게 될지도 몰라. 왜놈들 조총에 죽는 것보단 다리를 절더라도 여기서 우리랑 사는 게 나아."

"나한테 바늘을 던지겠다고?"

"그럼 형이 전쟁터에 안 끌려가도 되잖아. 우리 옆에 있을 수 있는데 내가 왜 못 해?"

바늘을 쥔 돌쇠의 손이 떨렸다. 지금 눈앞에 있는 건 형이었다. 멧돼지도 아니고, 마을 사람들을 괴롭히던 막손이도 아니고, 돌쇠가 누구보다 사랑하는 형이었다. 돌쇠에게 강쇠는 단단한 벽이었고 커다란 산이었다. 그러나 이게 형을 구하는 길이라면 돌쇠로선 못 할 게 없었다.

강쇠가 부드럽게 웃으며 돌쇠에게 다가왔다. 돌쇠가 넘어졌을 때, 동무들에게 절름발이라고 놀림을 받아 속상해서 울고 있을 때 다가와 일으켜 줄 때마다 짓던 그 미소였다. 강쇠가 돌쇠에게 양손을 내밀었다. 어린 돌쇠에게 한 발만 내디뎌 보라고, 넌 이제 앉은뱅이가 아니라고 말하며 내밀던 그 따뜻한 손이었다.

"넌 내 동생이야."

"왜적이 우리 마을에 들어온 것도 아니잖아."

"나라가 있어야 우리도 살아."

"임금님도 백성을 버리고 도망쳤다고!"

"우리가 가서 충심으로 싸워야 임금님을 다시 모셔 올 수 있어."

"도대체 누굴 위한 충이냐고!"

"임금님 때문만이 아니야. 우리 가족을 위해서 나가는 거야. 이 땅을 지켜야 우리가 사니까. 아버지에 대한 충이고, 어머니를 향한 충이고, 너를 위한 충이야. 그리고 무엇보다 나 자신에 대한 충이다."

강쇠는 아무렇지도 않다는 듯 천천히 등을 돌렸다.

돌쇠는 바늘을 들었다. 아주 오랜만에 표적이 생겼다. 충분히 형의 팔과 다리에 맞힐 수 있었다. 형을 주저앉힐 수 있었다. 형을 향해 바늘을 던질 수만 있다면……

돌쇠는 눈물을 닦고 형의 등 뒤에 대고 말했다.

"곰과 호랑이가 싸우는데 그깟 토끼가 충심으로 나선다고 그 싸움이 멈춰지겠어? 곰과 호랑이가 싸우면 토끼는 도망쳐야 하는 거야. 그 옆에 있다가는 죽을 수도 있어. 도망치는 게 토끼가 사는 길이라고."

"도망치지 못하는 다른 토끼들은 어쩌지? 이 굴 안에서 함께 사는 다른 토끼들은 어쩔 거냐고. 더 많은 사람을 살리기 위해서 나서는 거야."

"피해야지. 우리 같이 도망치자."

"이 땅을 버리고 어디로 피하게? 다른 산은 안전하겠니? 거기 는 곰과 호랑이가 없겠어? 여기가 우리 목숨 줄이야."

강쇠는 돌아보지 않고 말했다.

돌쇠의 눈에 표적이 더욱 선명해졌다.

강쇠는 뒤를 돌아 돌쇠를 바라보았다.

"토끼가 사냥꾼을 만나면 곧장 굴로 들어가지 않고 왜 그렇게 죽도록 이리 뛰고 저리 뛰는 줄 알아? 굴 안에 있는 토끼들에게 더 깊이 숨으라고 알리려고 그러는 거야. 그게 토끼가 할 수 있 는 최선의 충이야. 다른 사람들이 피할 시간을 벌 수 있다면 그 것만으로도 나는 됐어. 내가 죽는다 해도 넌 살릴 수 있을 테니 까."

강쇠는 다시 등을 돌리고 문밖을 향해 나섰다. 돌쇠의 눈에 표 적이 더 크고 선명하게 보였다. 돌쇠는 바늘을 던졌다. 바늘은 강쇠의 얼굴 옆을 지나 싸리문에 꽂혔다. 강쇠는 걸음을 멈추고 싸리문에 꽂힌 커다란 바늘을 보았다.

돌쇠가 강쇠의 등 뒤에 꽂히도록 날카롭게 소리쳤다.

"난 무서워, 형. 너무 무서워. 죽더라도 형이랑 같이 있고 싶어! 내가 원하는 건 그것뿐이야!"

강쇠는 뒤도 돌아보지 않고 조용히 말했다.

"바늘대장, 내가 돌아올 때까지 아버지 어머니를 부탁한다."

강쇠는 더는 머뭇거리지 않고 집 밖으로 나갔다. 돌쇠는 그 자리에 주저앉아 주먹으로 땅바닥을 치며 울었다. 방 안에서는 어머니가 흐느꼈다. 아버지는 목울대가 아프도록 속으로 눈물을 삼켰다.

집을 나선 강쇠는 참았던 눈물을 훔쳐 냈다. 돌쇠에게 우는 모습을 보이지 않으려고 얼마나 어금니를 꽉 깨물었는지 턱이 아파 왔다. 하마터면 가지 말라고 매달리는 돌쇠에게 눈물을 보일 뻔했다. 강쇠의 마음속에서 이런 소리가 들려왔다.

'아버지는 다쳤고, 어머니는 허약하고, 돌쇠는 몸이 불편하니 사흘만 더 있다 나가자. 이틀만 더 있다가 나가자. 아니, 하루만이라도……, 이제 홀로 된 꽃분이는 어쩌지?'

돌쇠가 매달릴수록 강쇠의 마음이 흔들리는 건 어쩔 수 없었다. 강쇠는 돌쇠를 매정하게 뿌리치듯 전쟁에서 도망치고 싶은 자신의 나약함을 뿌리쳤다.

집결지로 가기 전에 강쇠는 꽃분이네에 들렀다.

"꽃분아."

댓돌 위에 꽃분이 신발이 놓여 있고 방에서 인기척이 들리는데 아무런 대답이 없었다. 꽃분이는 아직도 제 아버지가 돌아올 거라고 믿었다. 강쇠가 혼자 있지 말고 자기 집에서 같이 지내자고 했지만 꽃분이는 번번이 거절했다.

"아버지가 한밤중에 아저씨처럼 총에 맞아 찾아올지도 모르니 집에서 기다릴래. 우리 아버지는 힘만 셌다 뿐이지 둔해서 도망치는 데도 오래 걸릴 거야. 하지만 소 같은 양반이니 목숨만 붙어 있으면 기어서라도 집을 찾아올 거야."

아무도 꽃분이를 말릴 수 없었다. 겉보기에는 철없는 말괄량이 같아도 속이 깊고 고집이 센 꽃분이였다.

강쇠는 방문을 열지 않고 바깥에서 말했다.

"꽃분아, 나 간다."

"……."

"밥 잘 챙겨 먹고 덜렁대지 말고."

"……."

"몸조심하고."

"바보, 병신!"

기어이 한다는 소리가 바보 병신이라니, 꽃분이다운 대답에 강쇠는 그 와중에 웃음이 났다.

"한 번만 더 병신 소리 하면 꽃분이가 아니라 똥분이라고 하기로 했지? 똥분아! 나 진짜 간다."

평소 같으면 약이 올라 발끈했겠지만 꽃분이는 문을 열지 않았다. 아무런 소리도 내지 않았다. 한참 후에 꽃분이는 방문을 벌컥 열었다. 얼마나 울었는지 눈이 퉁퉁 부어 있었다. 그런 꽃분이 눈앞에 강쇠가 웃으며 다가왔다.

"진짜 가 버린 줄 알았잖아!"

꽃분이가 성질을 내며 밖으로 나왔다.

강쇠는 꽃분이를 꽉 안아 주었다.

"오빠는 죽지 말고 꼭 살아 돌아와."

"그래, 꼭 돌아올게."

징집 명령을 받고 나가는 강쇠의 입안에서는 쇳내가 나는 듯했다. 그런데 꽃분이에게서는 자두 같기도 하고 복숭아 같기도 한 과일 향내가 났다.

관아에 모인 군사들의 인원을 파악하고 출발하기로 했다.

"김강쇠!"

"네!"

강쇠는 지정한 자리에 줄을 섰다.

"황일중!"

황일중은 황부자 집 큰아들이지만 처음부터 보이지 않았다. 황부자네 아들들은 멀리 시골 깊숙이 피난을 갔기 때문에 여기에 나타날 리가 없었다.

"여기 있우다!"

강쇠는 뒤를 돌아보았다. 손을 들고 일어선 이는 막손이였다. 강쇠가 막손이를 바라보았다. 막손이도 강쇠를 마주 보았다.

인원 파악이 끝나고 행군을 준비할 때 강쇠는 막손이에게 다가갔다.

"몸은 괜찮나?"

지난번에 논의 물꼬를 틀 때 돌쇠가 바늘을 던진 자리를 말했다. 막손이는 제 무릎을 비비며 말했다.

"바늘을 빼니 그럭저럭 괜찮더군. 동생이 다리는 그래도 바늘 던지는 실력은 꽤 쓸 만하더구먼."

"다행이네."

강쇠는 막손이를 조용히 바라보았다. 그러는 강쇠에게 막손이가 먼저 물었다.

"왜 황부자 아들 대신 군에 왔냐고 묻지 않지?"

"너나 나나 힘없는 백성이긴 마찬가진데 물으면 뭐 해."

"황부자가 아들 대신 전쟁터에 나가면 우리 식구들을 챙겨 준다고 했어. 어차피 전쟁에 나가야 되는 거 누구 이름으로 나가냐가 뭐가 중요해."

강쇠는 부잣집 아들 대신 전쟁터에 나가는 막손이가 측은하다는 생각 따위는 들지 않았다. 어차피 강쇠나 막손이나 왜적에게 짓밟히는 조선 땅을 지키기 위해 같이 싸워야 할 조선 백성이었다.

모인 군사들은 군복이 없어서 집에서 입고 온 옷을 그대로 입고 있었다. 대부분이 그동안 군사 훈련을 단 한 번도 받지 못한 농민들이라 대오가 엉성했다.

모인 수가 많았기 때문에 운반해야 할 식량과 군수 물자도 엄청났다. 군복도 입지 않고 수레를 끌고 걸어가는 모습이 군대의 행진이 아니라 피난민의 행렬 같았다. 군인들이 행진할 때 아직 일본군의 침탈을 받지 않은 마을 사람들이 일을 제쳐 두고 길가로 뛰쳐나왔다. 사람들은 군대의 행렬을 향해 이기고 돌아오라며 응원을 하고 박수를 쳤다. 눈물을 닦으며 먹을 것을 건네주는 아낙도 많았다. 이렇게 백성들의 응원을 받으며 군대는 한양을 향해 올라갔다.

경상도와 전라도에서 올라온 군사들과 충청도 군사가 적에게 빼앗긴 수도를 탈환하고 피난 간 임금님을 모셔 오기 위해 모여들었다. 이렇게 모인 삼도근왕군은 규모가 더욱 커져서 6만 명에 가까웠다. 한양을 탈환하겠다는 의지가 높고 군사의 수도 많았지만 제대로 된 군사 훈련 한 번 받지 못한 것이 강쇠는 내심 불안했다. 충청 군사는 수원으로 향하고 경상도와 전라도 군사는 용인으로 해서 한양으로 올라갔다. 충청 군사가 수원에 다다랐을 즈음 용인에서 일본군과 전투가 벌어졌다는 소식이 들려왔다. 충청 군사는 아군을 지원하기 위해 서둘러 용인으로 가 합류했다.

다시 만난 군사가 진영을 이뤄 아침밥을 먹을 때였다. 강쇠도 막손이와 나란히 앉아 밥을 먹었다. 그런데 갑자기 우레 같은 조총 소리가 들려왔다. 생전 처음 들어 본 조총 소리는 마른하늘에 날벼락이 치는 소리처럼 들렸다. 놀란 군사들은 밥을 먹다 말고 혼비백산했다. 조총 소리가 점점 가까워졌다. 일본군은 총을 쏘며 조선군의 진영을 향해 좁혀 들어왔다. 조선 군사들은 밥그릇을 집어 던지고 도망치느라 서로 밟고 넘어졌다.

아버지에게 조총 얘기를 들었던 강쇠는 일단 엎드렸다. 엎드린 채 주위를 둘러보았다. 조금 전까지도 곁에 있던 막손이가 보이지 않았다. 우왕좌왕하는 무리 안에 막손이가 끼여 있었다. 강쇠는 몸을 낮춘 채 다가가 막손이를 붙잡아 끌어당겼다.

"엎드려! 몸을 낮추라고!"

강쇠는 막손이를 주저앉혔다. 잠시 후, 막손이 옆에 서 있던 조선 군사 하나가 총에 맞아 쓰러졌다.

"이런 젠장!"

힘으로 하는 일은 뭐든 잘할 거라고 자신만만했던 막손이는 놀란 가슴을 부여잡으며 말했다.

조총 소리 사이사이에 퇴각 명령이 내려졌다.

"후퇴하라!"

"퇴각하라!"

후퇴하는 강쇠의 눈에 허둥대며 도망치는 군사에 밀려 쓰러지려는 충청 관찰사의 모습이 들어왔다. 강쇠가 관찰사에게 다가가려 할 때 막손이가 말렸다.

"내 목숨이 먼저야. 관리 따위에 신경 쓸 필요 없어. 우리 둘이서 도망치자!"

"지도자가 없으면 군사들은 이대로 흩어질 거야. 애써 모아 온 군량과 군수도 지켜야지!"

"군량과 군수가 문제가 아냐. 여기 있으면 죽는다고!"

강쇠는 막손이의 손을 뿌리쳤다. 그러곤 낮은 걸음으로 관찰사에게 다가갔다.

"장군님, 군량과 군수품은 어쩌지요?"

"지금은 목숨을 구하는 게 우선이다."

"하지만 군량이 적의 손에 들어가면……."

"어서 후퇴하라!"

강쇠는 관찰사를 호위하면서 후퇴했다. 어렵게 모아 온 군량과 군수품이 적의 수중에 그대로 들어간다는 게 분했지만 그 자리에 남아서 적의 총알받이가 될 수도 없는 노릇이었다. 대규모로 올라가던 삼도의 군사가 마음먹은 대로 싸워 보지도 못하고 일본군에게 어이없이 당한 것이다. 제대로 싸우지도 못한 전라, 경상, 충청의 연합 군사들은 뿔뿔이 흩어졌다. 충청도 군사는 공주로 후퇴했다.

마을에서 강쇠와 함께 징집되었던 몇몇이 집으로 돌아와 이 소식을 알렸지만 강쇠는 돌아오지 않았다. 퇴각한 충청도 군사들이 공주에 모여 있다는 소식만이 들려왔다.

어머니는 매일 물을 떠 놓고 기도를 했지만 강쇠의 소식은 들려오지 않았다. 꽃분이는 매일 돌쇠네 집에 들렀지만 말없이 앉아 있다 맥없이 집으로 돌아가곤 했다.

돌쇠는 매일 마루에 앉아 대문 밖을 바라보았다.

이제 일어나 움직일 정도로 몸을 추스른 아버지가 돌쇠에게 다가와서 말했다.

"무소식이 희소식이야. 기다리자."

그렇지만 돌쇠는 대문에서 눈을 뗄 수가 없었다. 시간이 흐를수록 어머니의 기도는 더욱 간절해져 갔고, 꽃분이의 말수는 눈에 띄게 줄어들었다.

강쇠가 집에 돌아온 것은 그로부터 한참이 지난 7월 초였다.

14
돌아온 강쇠

집으로 돌아온 강쇠는 예전의 강쇠가 아니었다. 강쇠는 뜨거운 불과 차가운 물 사이에서 여러 번 담금질한 무쇠같이 몸과 마음이 단단해졌다. 강쇠는 가족들을 모아 놓고 그동안 어떻게 지냈는지 들려주었다.

"용인에서 충청 관찰사를 모시고 공주로 퇴각했는데 그곳에서 뜻을 같이하는 이들을 만났어요. 영규 스님이 승병을 조직해서 함께 싸우기로 했어요."

"스님들이?"

살아 있는 것은 모기도 죽이지 않는다는 스님들이 싸우기로 했다니 아버지는 놀라지 않을 수 없었다.

"네! 스님들이 손에서 목탁을 내려놓고 나라를 구하기 위해 무기를 들기로 했습니다. 또 충청도에서 많은 의병이 일어섰습니다. 의병장인 조헌 부대가 같이 싸울 겁니다."

"관군도 아닌 의병들이 나섰다고?"

아버지의 눈에 눈물이 맺혔다.

"네, 전국에서 의병들이 일어서고 있어요. 왜적이 짓밟고 간 경상과 경기와 북쪽에서는 왜적에게서 가족과 마을을 지키겠다고 일어섰어요. 충청과 전라에서는 이 땅과 임금님을 지키기 위해 싸우겠다며 스스로 모여들고 있습니다.* 충청에서는 우리 관군과 승병, 의병들이 다 같이 싸울 겁니다. 힘을 모아야 이 전쟁에서 이길 수 있어요."

강쇠가 집에 온 것은 더 많은 의병을 모집하고 군량과 군수를 모으기 위해서였다. 강쇠가 품 안에서 종이를 꺼내 내밀었다.

"지금 세자 저하께서 북쪽에서 직접 말을 타고 싸우고 계십니다. 이건 왕세자 저하께서 의병을 일으켜 나라를 위해 싸우라고 내리신 격문입니다. 이걸 베껴 써서 사람들이 모이는 곳에 잘 보이도록 붙이세요. 많은 사람들이 볼 수 있게 해 주세요."

---

* 임진 전쟁 초기에는 빠르게 진격하는 것이 목적이었기 때문에 일본군은 성을 함락한 뒤 주둔군만 조금 남겨 두고 북상했다. 진격로의 한복판에 있는 경상과 경기, 북쪽은 충청, 전라 지역에 비해 피해가 컸다.

외삼촌은 한문으로, 돌쇠와 꽃분이는 언문으로 격문을 옮겨
쓰는 일이 주어졌다. 두 가지 격문을 사람들이 많이 모이는 곳에
붙였다.

어머니는 동네 아낙들과 곡식을 모아 찧고 빻아 미숫가루를
만들었다. 강쇠는 아버지와 함께 꽃분이 아버지가 돌아오지 않
아 내팽개쳐진 대장간을 정리했다.

강쇠가 격문을 붙이고 돌아온 돌쇠와 꽃분이에게 말했다.

"근방에 삽, 곡괭이는 다 얻어 와. 무기를 만들어야 해. 낫도 챙
기고. 사람들에게 당장 농사에 꼭 필요한 것만 빼고 다 달라고
해."

꽃분이와 돌쇠는 작은 수레를 가지고 쇠붙이를 모으러 다녔
다. 마을 사람들은 흔쾌히 여분의 농기구를 내놓았다. 아버지는
밤새 풀무질을 하고 쇠를 달궈 농기구를 무기로 개조했다. 강쇠
는 괭이와 낫에 자루를 붙여 무기로 쓸 수 있게 만들었다. 돌쇠
는 숫돌에 칼과 도끼를 갈았다.

의병에 참가하겠다는 사람들이 하나둘 모이기 시작했다. 군에
갈 나이가 안 된 아이도 있었고, 나이가 넘친 이도 있었다.

"이대로는 부족해요. 같이 갈 데가 있습니다."

강쇠는 모인 이들에게 무기를 나눠 주고 황부자네 집으로 향
했다. 사람들이 무기를 들고 몰려왔다는 소리에 황부자가 뛰쳐
나왔다. 강쇠가 소리쳤다.

"말을 내놓으시오!"

"말을 내놓으라니? 네가 대체 뭔데 내게 말을 내놓으라고 소리치느냐?"

"나라를 위한 일에 쓸 것이오. 지금 우리 병사들에겐 말이 필요합니다."

"너 따위에게 줄 말은 없다."

"말이 아니면 아들을 내놓겠소?"

강쇠의 으름장에 황부자는 어금니를 깨물었다. 전쟁이 났다는 소식이 들리자마자 황부자는 일찌감치 아들과 가족을 먼 시골로 피신시켰다. 아들 대신 막손이를 군에 보낸 것을 지금 강쇠가 들춰낸 것이다. 그 사실을 밝히기 싫은 황부자는 울며 겨자 먹기로 하인에게 말했다.

"말을 내줘라."

강쇠는 황부자네 집 말 두 마리를 끌어냈다.

"창고를 열어 곡식을 실어라!"

황부자가 소리쳤다.

"말에다 곡식까지……, 네가 도적이냐?"

"나라가 있어야 당신도 살 수 있소. 이건 조선 백성들을 위한 것이오. 백성이 있어야 당신도 부를 쌓을 것 아니오!"

그러고는 주위에 모여든 노비들에게 소리쳤다.

"전쟁이 났소. 우리와 함께 이 땅과 임금님을 지킬 사람들은 따라오시오.”

군역의 의무가 없는 노비들은 선뜻 나서지 않고 머뭇거렸다. 강쇠는 차분하게 그러나 진심을 담아 사람들을 설득했다.

“나라를 위해 싸우는 일에 양반과 노비가 무슨 차이가 있겠소! 함께 가서 왜적을 물리치고 나라와 가족을 구합시다!”

이렇게 해서 모인 의병들은 집결지인 공주로 떠나기 위해 군량으로 쓸 쌀을 수레에 실었다. 부상에서 몸을 추스른 아버지도 함께 가겠다고 일어섰다. 외삼촌도 비록 나이가 많아도 지리와 정보에 밝아 뭔가 도울 게 있을 거라며 따라나섰다. 어머니는 며칠 밤을 새워서 옷을 지었다. 무명을 여러 겹 대서 단단하게 누볐다. 어머니 나름대로 천으로 갑옷을 만든 것이다.

“이제 삼복더위인데 그만두시오.”

아버지가 어머니를 말렸다.

“장군님들이 입는 갑옷만은 못해도 한결 나을 거예요. 덥다고 소홀히 하지 마시고 꼭 챙겨 입으세요.”

“맞아요. 어찌나 단단한지 제 바늘도 안 들어가겠어요.”

돌쇠는 어머니가 바느질한 천 갑옷을 살펴보며 말했다. 어머니는 아버지의 저고리 끝에는 아비 부(夫) 자, 강쇠의 옷에는 아들 자(子) 자까지 새겨 놓았다.

이번에는 돌쇠도 출전하는 형을 말리지 않았다. 오히려 돌쇠도 형을 따라가겠다고 나섰다.

"넌 집에 있어."

"나보다 더 어린애들도 나섰잖아. 내가 절름발이라서 그래?"

돌쇠는 자신의 다리를 바라보았다. 전쟁터에서 이 몸은 도움이 아니라 피해를 줄 게 뻔했다. 그렇지만 돌쇠도 나가서 나라를 위해서 뭐라도 한몫 거들고 싶었다.

"멀리서 바늘이라도 던질게."

강쇠는 돌쇠를 달랬다.

"이번에는 반드시 이기고 돌아올게."

"싸움에 못 나가면 뒤에서 숫돌에 칼과 낫이라도 갈게. 화살촉이라도 벼르고. 뭐든지 하게 해 줘."

"어머니와 꽃분이를 돌볼 사람은 남아 있어야지."

돌쇠와 어머니, 꽃분이는 마을을 떠나는 사람들을 눈물 없이 배웅했다. 이 기세로 힘을 모아 싸우면 머지않아 이 땅에서 왜적들을 몰아낼 것이라고 확신했기 때문이다.

15
아버지와 아들

1592년 7월, 권율 장군이 이끄는 육군이 이치에서 대승을 거둔 데다 이순신 장군의 수군이 한산도에서 엄청난 승리를 거뒀다. 육군과 수군이 함께 승리한 것이다. 바다에는 이순신, 육지에는 권율이 버티고 있었다. 거기에다 명나라 군사의 선발대가 조선을 도우러 조선 땅에 들어왔다는 소식도 들렸다. 명나라 군대까지 합세했으니 곧 전쟁이 끝날 것이다. 돌쇠네 가족은 그렇게 믿었다.

왜군의 발길이 직접 닿지 않는 곳에 사는 사람들은 일을 해야 했다. 군량과 군수를 대는 일은 후방에 남은 사람들의 몫이었다. 그러나 돌쇠네는 이제 일할 사람이 어머니와 다리가 불편한 돌쇠뿐이었다. 꽃분이까지 세 사람은 힘을 모아 열심히 일했다. 경상과 경기, 북쪽 지방 곳곳에서 왜적들이 백성들을 죽여 귀를 잘라 가고, 집을 불태우고, 여자들을 겁탈한다고 했다. 그래도 이곳에는 전쟁의 불길이 직접 닿지 않은 게 어디인가. 젊고 몸이 성한 남자들은 전쟁터에 나가 왜적과 목숨을 걸고 싸우는데 이까짓 힘든 일쯤이야 견디지 못할 게 아니었다. 어머니와 꽃분이, 돌쇠는 함께 싸우고 있다는 마음으로 악착같이 일했다.

한편, 청주성 서문 앞에 관군과 의병, 승병이 모였다. 청주성은 이미 일본군에게 빼앗겼다. 그 청주성을 되찾기 위해 연합 작전을 펼치기로 한 것이다. 관군은 손에 창과 활을 들고, 의병은 농사짓던 곡괭이와 몽둥이를 들었다. 승병들은 풀 베는 낫과 장작을 쪼개던 도끼를 들었다.

의병과 승병의 수가 많아 작전 지휘를 의병대장 조헌이 맡았다. 정식 군인인 관군의 지휘관이 뒤로 밀리자 충청 관찰사는 심기가 불편했다.

"관군이 앞에 서는 게 좋겠소."

"관군이라고 해 봐야 다 농부들입니다. 평소에 무술을 연마하고 조직적으로 움직이는 승병이 앞서는 게 낫지 않겠소?"

의병대장 조헌이 지적했다.

지략과 용맹을 함께 지닌 승병대장 영규 스님은 고민에 빠졌다. 영규 스님은 서산 대사로부터 승병을 조직해 나라를 구하는

데 나서라는 명령을 전달받았다. 그러나 살생을 금기시하는 스님들은 지금까지는 주로 후방에서 짐을 나르고 성을 쌓거나 경비를 서는 일을 해 왔다. 무기를 들고 직접 살생을 하지는 않은 것이다. 하지만 지금은 한 사람이라도 더 무기를 들고 싸워야 했다. 더구나 현재 상황에서 그나마 조직적인 훈련을 제대로 받은 무리가 바로 스님들이었다. 영규 스님은 이후 승병들에게 큰 영향을 끼칠 판단을 내려야 하는 순간에 선 것이다. 결단을 내린 영규 스님이 단호하게 말했다.

"소승들이 앞장을 서겠습니다. 소승들은 늘 산에서 풀을 베고 수행의 하나로 무술도 익혀 왔습니다. 소승들이 앞에 서는 게 유리할 것입니다. 우리가 앞을 치면 관군과 의병이 뒤에서 공격하는 게 승산이 큽니다."

관군인 강쇠는 복병으로 성 주변에 숨어 있었다. 승병이 일본군과 싸우는 사이에 사다리를 걸치고 성벽에 뛰어올라 뒤에서 치기로 했다. 강쇠 옆에는 잔뜩 긴장한 까까머리 스님이 손에 긴 낫을 들고 있었다. 한눈에 보기에도 앳된 모습이었다. 강쇠 눈에는 한 손에 낫을 들고 있는 스님의 모습이 무척이나 어색했다. 이번 전투에서는 승병이 선봉에 서기로 했으나 아직 어린 스님이라 관군 사이에 배치한 듯했다.

"스님, 올해 나이가 어떻게 되십니까?"

아무리 어려 보여도 스님인지라 강쇠는 합장을 하고서 물었다.

"절에 들어와 중이 된 지는 여덟 해가 지났고, 세수*는 열셋 금 강입니다."

맑은 눈빛만큼이나 목소리도 맑은 스님이었다.

강쇠는 집에 남아 있는 돌쇠가 갑자기 사무치게 그리웠다.

"제게도 동생이 하나 있습니다. 다섯 살에 병을 앓아 다리가 불편하지만 제법 당찬 데가 있는 녀석이지요."

"저도 다섯에 절에 들어왔습니다. 아버님이 부처님께 저를 시 주하셨지요. 평생 수도하며 살 줄 알았는데 이렇게 손에 피를 묻 히게 됐네요."

긴 낫을 든 금강 스님의 손이 파르르 떨렸다. 강쇠는 어린 스님 의 손을 꽉 잡아 주었다.

잠시 후, 의병들이 성을 포위하고 함성을 질렀다. 성안에 있던 일본군이 서문으로 몰려들었다. 관군들이 성을 향해 활을 쏘았 다. 잠시 후 일본군은 조총을 쏘며 반격했다. 조선군은 활을 쏘 며 앞서 나오는 일본군을 쓰러뜨렸다.

갑옷을 입은 관군에 한복을 입은 의병, 승복을 입은 승병이 마 구 섞여 있는 모습이 우습게 보였던지 일본군이 성문을 열고 쏟 아져 나왔다. 여기저기에서 일본군과 조선군이 뒤엉켜 백병전**

---

* 속세의 나이.
** 무기를 들고 적과 직접 몸으로 맞붙어서 싸우는 전투.

이 벌어졌다. 관군들은 창으로 맞섰고, 승병들은 절에서 풀을 베던 낫으로 싸웠고, 의병들은 도끼와 몽둥이를 휘둘렀다.

그 틈을 타서 강쇠와 조선군 병사들이 긴 사다리와 줄사다리를 성벽에 걸쳤다. 강쇠와 병사들은 사다리를 타고 성벽을 기어오르기 시작했다. 오르려는 자와 막으려는 자. 성벽을 둘러싸고 싸움이 치열해졌다.

아직 한낮의 무더위가 가시지 않은 8월 초였다. 갑자기 먹구름이 끼더니 장대 같은 비가 쏟아졌다.

의병대장이 소리쳤다.

"비가 오면 조총은 물총이다! 성패는 하늘에 달려 있다!"

조총을 쓸 수 없게 된 일본군은 일본도를 휘두르며 공격했다. 비가 오지만 뜨거운 날씨여서 일본군은 옷을 벗고 거의 알몸으로 일본도를 휘둘렀다. 나중엔 조선군도 바지만 입고 알몸으로 싸웠다.

의병대장 조헌이 더욱 크게 소리쳤다.

"가죽 갑옷을 입었으니 걱정 말고 싸워라!"

조헌은 글을 읽던 선비였지만 옷을 벗어 던져 맨살을 내놓은 몸을 가죽 갑옷이라고 할 정도로 성미가 괄괄하고 거침이 없었다. 무관의 기질을 가진 문관이었던 것이다. 조선군은 함성을 지르며 일본군과 치열하게 맞섰다. 그러나 하늘이 점점 까매지고 빗발이 더욱 거세졌다. 한 치 앞이 보이지 않을 정도라서 벌거벗고 싸우는 적과 아군을 구별하기도 어려웠다.

의병대장이 소리쳤다.

"퇴각하라!"

성벽에 올라가 싸우던 강쇠 일행에게 꽹과리 소리가 들려왔다. 아쉬운 퇴각 명령이었다.

다음 날 새벽 일찍, 조선군은 다시 한 번 청주성을 향해 진격했다. 그러나 청주성은 비어 있었다. 수적으로 열세인 일본군이 밤사이 성을 버리고 사라졌기 때문이다. 관군과 의병, 승병 연합군이 승리한 것이다. 그러나 군대도 먹을 게 있어야 싸울 수 있다. 군량이 부족하자 의병은 다시 모이기로 약속하고 잠시 해산했다.

청주성 전투 이후에 흩어져 있던 관군과 의병, 승병이 다시 모인 것은 전쟁 중에 맞이한 추석을 황량하게 보낸 뒤인 8월 중순이었다. 일본군이 전라도와 충청도로 들어가는 길목인 금산 주변에 자주 출몰했기 때문이었다. 조헌과 영규의 의병부대는 다시 한 번 관군과 힘을 합쳐서 금산성을 치기로 결정했다. 금산성은 지난 7월에 의병장 고경명과 그의 아들이 일본군과 싸우다 함께 숨을 거둔 곳이었다. 조헌은 그때 의병을 모아 도우러 가지 못한 것을 못내 안타까워했다.

충청 관찰사가 무리한 요구를 하기 시작했다.

"의병들을 모두 관군에 편입시키고, 내 지휘를 받도록 하라."

"그것은 지금 어렵지 않겠습니까? 일단 금산성 전투를 치른 뒤에 다시 이야기하시지요."

중간에서 온양 현감이 말렸다.

"그럴 수 없다. 관군이 왜 의병에 협조를 하느냐? 의병이 관군의 명을 받는 게 당연하다."

"하지만 지금은 서로 힘을 합치지 않으면 전투는 실패하고 조선군은 피해가 클 것입니다."

충청 관찰사는 각 읍에 공문을 보내 의병에 협력하지 말라는 어이없는 지시를 내렸다.

"의병에 가담한 자의 처자를 잡아 옥에 가둬라!"

강쇠는 관찰사의 행동을 이해할 수 없었다. 그것은 백성들의 고통은 아랑곳하지 않고 오로지 공적을 쌓는 데만 힘을 쓰는 관료의 모습이었다. 그러나 모두가 그런 것은 아니었다. 온양 현감은 충청도 관찰사의 이와 같은 명령에도 불구하고 군사를 이끌고 금산으로 가기로 결심했다.

"지금은 서로의 지위가 중요한 게 아니다. 힘을 합쳐 적을 물리치는 게 중요하다. 지금 우리가 가지 않으면 금산에 모인 의병들은 후방이 없어 매우 위험하다."

강쇠와 아버지도 온양 현감을 따라 금산으로 향했다. 청주성 전투에서 만났던 의병들이 금산에 다시 모였다. 맑고 앳된 금강 스님도 와 있었다.

의병부대는 금산성 십 리 밖에 진을 쳤다. 진영 안에도 의병에 가담한 자의 가족이 옥에 갇혔다는 이야기가 퍼졌다. 목숨을 내놓고 나라를 위해 싸우는데 이런 일이 생겼다는 게 강쇠는 믿을 수가 없었다. 가족을 염려한 의병들이 하나둘 빠져나가기 시작했다. 그 결과 처음에는 1300명이 넘던 의병들이 줄어들어 700명만 남았다.

영규 스님이 의병대장 조헌에게 지원군을 요구했다.

"전라도 관찰사인 권율 장군에게 도움을 요청합시다."

편지는 의병대장인 조헌이 썼다. 길을 잘 아는 임행은 편지를 전달하는 일행에 끼었다. 임행 일행은 권율 장군에게 전할 편지를 가지고 서둘러 출발했다. 조헌과 영규의 의병 부대는 금산성을 십 리 앞에 둔 연곤평에 진을 친 다음 지원해 줄 권율의 부대를 기다렸다.

영규 스님이 의병대장 조헌에게 차분히 말했다.

"성안의 적의 수가 일만 명이 넘는다고 하오. 우리 의병은 칠백이오. 이 수로는 무리입니다. 지원군이 올 때까지 후퇴하여 잠시 전투를 미루지요."

"임금님이 궁궐을 떠나 지금 어디 계신지 잘 알지 않소? 임금이 치욕을 당하면 신하는 죽어 마땅하오. 그때가 지금이니 나는 성패를 따지지 않고 장렬하게 싸울 것이오."

조헌은 지원군을 기다리자는 승장 영규 스님의 조언을 듣지 않았다.

지원해 줄 관군이 아직 오지 않은 아침이었다. 금산성 안에 주둔하고 있던 일본군이 염탐꾼을 보내 의병을 지원할 후속 부대가 오지 않았다는 것을 알아챘다. 일본군이 먼저 공격을 해 왔다.

적의 선제공격을 받자 의병대장 조헌이 군사들에게 소리쳤다.

"한 번 죽음이 있을 뿐이다. 의(義)에 부끄럼이 없게 하라!"

일본군은 먼저 세 번 공격하였지만 의병들은 이를 모두 물리쳤다. 의병장 조헌의 금산성 탈환의 의지는 강했다.

"총공격하라!"

조헌의 지휘 아래 의병 부대가 밀어붙이자 밀리는 듯하던 일본군이 조총을 쏘며 대대적인 공격을 펼쳤다. 부하들이 조헌에게 탈출을 권유했지만 한 번 죽음이 있을 뿐이라던 말대로 조헌은 더욱 분전하다가 적군의 칼날에 쓰러졌다.

장수들이 살아남은 승장 영규 스님에게 다가와 소리쳤다.

"의병장님이 쓰러지셨습니다."

"……."

"적의 수가 점점 더 많아집니다. 일단 후퇴해야 합니다."

"내 마지막 일은 조 공과 여기 모인 칠백 보살님들을 부처님 전으로 안내하는 것이다."

전투가 시작되기 전에는 후속 부대가 올 때까지 뒷날로 미루자고 차분히 조언하던 승장 영규였다. 그러나 막상 전투가 시작되자 뒤로 물러서지 않고 오히려 더욱 맹렬하게 싸우다 쓰러졌다. 지도자가 적군의 칼에 맞아도, 수적으로 조선군에게 불리해도 대오를 떠나는 사람이 없었다. 전투는 한층 치열해졌다.

강쇠와 아버지는 성으로 밀고 들어가려는 조선군의 선두에 서서 싸웠다. 일본군이 쏘아 대는 조총 소리가 귀를 찔렀다. 귓가를 때리는 듯한 조총 소리에 강쇠가 돌아보았다. 강쇠 옆에서 싸우던 금강 스님이 조총에 맞았다. 강쇠가 스님을 뒤로 빼내려고 했지만 이미 상처가 깊었다. 어린 스님은 "나무관세음보살"을 읊조리며 조용히 눈을 감았다.

이제 조선군에겐 화살도 다 떨어졌다. 조선군과 일본군의 치열한 백병전이 벌어졌다. 강쇠는 금강 스님이 쓰던 긴 낫을 손에 들었고, 아버지는 도끼를 들었다.

"강쇠야, 이겨서 집에 돌아가자!"

"아버지, 같이 집에 가요. 어머니와 돌쇠가 기다려요."

"그래, 함께 가자."

잠시 후, 강쇠의 손에 든 낫마저 부러졌다. 낫자루를 버린 강쇠는 맨주먹으로 적에게 달려들었다. 날이 저물어서야 피비린내 나는 전투가 끝났다.

방에서 깜빡 잠이 들었던 돌쇠가 눈을 번쩍 떴다.

"어머니, 좋은 꿈을 꿨어요."

"그래?"

"형이랑 아버지랑 하얀 말을 타고 달려왔어요. 어찌나 신나 보였는지 몰라요. 전쟁이 터지고 아버지랑 형이 그렇게 활짝 웃는 건 처음 봤어요. 아마 전투에서 이겼나 봐요."

돌쇠는 신이 났다. 어머니도 더불어 힘이 났다.

"아무래도 그런 모양이다. 꼭 그럴 거야."

잠시 후, 누군가 집으로 들어오는 기척이 나자 돌쇠는 방문을 열었다. 외삼촌 임행이었다.

"그것 봐요. 외삼촌이 오셨잖아요. 전투가 끝난 거예요."

돌쇠와 어머니는 맨발로 마당으로 내려섰다.

마당으로 들어선 임행은 마루에 털썩 주저앉았다. 임행은 돌쇠와 여동생을 보고도 꿈쩍도 하지 않았다.

돌쇠 어머니는 걸음을 멈췄다. 이상한 기운을 느낀 돌쇠가 외삼촌에게 물었다.

"왜 그러세요? 아버지가 또 다치기라도 하셨어요? 형은 왜 안 들어와요?"

돌쇠는 절뚝거리며 싸리문을 향해 걸어갔다. 싸리문을 열고 밖을 내다봤지만 아버지와 형은 없었다.

돌쇠가 아무 말 없이 앉아 있는 외삼촌에게 다가가 소리쳤다.

"아버지는요? 형은 어디 있어요?"

외삼촌은 품에서 천 조각을 꺼냈다. 어머니가 손수 만든 무명 갑옷의 조각과 머리카락이었다. 어머니가 정성 들여 수놓은 夫 자와 子 자가 새겨져 있었다.

어머니가 다가와 옷 조각을 어루만지며 임행에게 물었다.

"분명히 하얀 천이었는데……, 어찌 이리 검붉게 변했데요? 왜 이렇게 됐데요?"

"공격 날짜를 뒤로 미루자는 권율 장군의 답장을 가지고 갔을 땐 이미 금산성 전투가 끝난 뒤더구나. 칠백 명이 한자리에서 다 죽었다. 강쇠 아비랑 강쇠도 그 안에 있었지만 나는 이것밖에 챙겨 올 수가 없었다. 미안하구나!"

"아버지하고 형이 죽었다고요?"

"그래, 의롭게 죽은 사람들이 한자리에 묻혔다. 전쟁 중이라 시신을 고향으로 데려오지 못했다. 미안하다, 옥아!"

외삼촌은 차마 동생을 바라보지도 못하고 굵은 눈물을 떨어뜨렸다.

"적들도 엄청나게 죽어 적의 시체를 성안으로 옮기는 데도 사흘이 걸렸을 정도로 장렬하게 싸웠다는구나. 이 전투를 치른 뒤에 적들은 성주로 물러났다. 칠백이 목숨을 바쳐 적들이 전라도와 충청도 땅으로 들어가는 걸 기어이 막았구나."

돌쇠의 입에서 "으아아악!" 하고 애끓는 소리가 터져 나왔다. 어머니는 그대로 땅바닥에 주저앉았다. 외삼촌이 지나가는 걸

봤다는 소식을 듣고 한달음에 달려온 꽃분이는 싸리문을 잡은
채 그대로 멈췄다.

16
살아남은 사람들

방 안이 너무 뜨거웠다. 돌쇠는 잠을 잘 수가 없었다. 밖으로 나가도 마찬가지였다. 돌쇠의 온몸에서 열불이 났다. 앉으나 서나 뜨거운 몸이 식지를 않았다. 원통함과 분함이 오장육부에서 피부를 뚫고 올라왔다.

"왜 우리 아버지야! 왜 우리 형이냐고! 왜? 왜? 왜?"

고함을 치고 몸부림을 치다 온몸에 찬물을 끼얹어도 열불이 사그라지지 않았다.

"병신같이, 도망가지 뭐 하러 전투에 나갔냐고! 충심은 어디다 쓸 개똥이냐고!"

돌쇠는 엄마와 자기를 두고 먼저 떠나 버린 아버지와 형에게도 화가 났다.

돌쇠는 아무 곳에나 바늘을 던졌다. 벽이고, 천장 서까래이고, 기둥이고, 나무이고 간에 눈에 보이는 곳 아무 데나 던졌다. 돌쇠의 눈에는 참새가 보이고, 멧돼지가 보이고, 일본군이 보이고, 나중엔 귀신 같은 몰골이 된 형의 얼굴도 보였다. 바늘을 마구 던졌다. 그 바늘이 불화살이 되어 날아갔다. 너무 던져서 오른팔을 들 수도 없을 지경이 될 때까지 돌쇠는 바늘을 던지고 또 던졌다.

몇 날 며칠을 울던 어머니는 마루에 앉아 대문을 하염없이 바라봤다. 큰아들이 문을 열고 웃으며 들어설 것만 같았다. 그 아들 뒤로 남편이 말없이 따라 들어올 것만 같았다. 싸리문이 바람에 삐걱 소리를 내고 움직이면 어머니는 일어섰다가 맥없이 주저앉기를 반복했다. 남편과 아들이 죽었다는 걸 받아들인 뒤로 어머니는 오로지 한 가지 생각만 했다. 멍하니 서까래를 올려다보며 저기에 목을 매달면 얼마나 발버둥을 쳐야 이 질긴 목숨줄이 끊어지겠나 생각했다. 우물을 바라보며 얼마나 깊이 떨어져 내리면 눈을 감을 수 있겠나 가늠했다. 먼 산을 바라보곤 어금니 바위 위에서 몸을 던지는 모습을 떠올렸다.

어느 날, 어머니의 눈에 오른쪽 어깨가 밑으로 축 처지고 오른 손목이 부은 채 파르르 떨고 있는 손이 들어왔다. 손, 팔, 어깨, 얼굴. 어머니 눈에 바늘을 쥔 손을 덜덜 떠는 돌쇠가 오롯이 들어왔다. 살기 어린 눈빛에 입을 꽉 다문 채 보이지 않는 상대에

게 화를 내고 있는 저 아이가 자신의 막둥이인가 싶었다. 어머니
는 자기 곁에 돌쇠가 남아 있다는 사실을 퍼뜩 떠올렸다.

돌쇠가 아픈 팔을 들어 바늘을 던지려 할 때 어머니가 다가와
돌쇠의 팔을 잡았다.

"돌쇠야, 이제 됐다."

"아버지가 왜 죽어? 쓸모없는 나도 사는데 형이 왜 죽었냐고?"

"내 눈에는 네가 보이는데 네 눈에는 이 어미가 아니 보이냐?"

돌쇠는 어머니를 부둥켜안고 한참을 울었다. 이제 그만 울라
고 아들을 달래며 어머니도 울었다.

논밭에 곡식 종자를 뿌려야 한다는 망종 무렵에 꽃분이 아버
지는 전쟁터에 나갔다. 그런데 어느새 논밭의 곡식을 거둬들일
준비를 해야 하는 추분을 맞이했다. 절기는 아무 일 없다는 듯
예전처럼 도는데 그사이에 꽃분이는 자신에게 소중한 사람을
셋이나 잃었다.

강쇠와 강쇠 아버지가 죽었다는 소식을 듣고 꽃분이는 짐을
싸서 돌쇠네로 들어왔다. 눈에 띄게 힘이 빠진 어머니가 걱정스
러웠기 때문이다. 돌쇠 어머니는 일찍 엄마를 잃은 꽃분이에게
암죽을 먹여 가며 키워 준 어머니였다. 걱정스럽기는 돌쇠도 마
찬가지였다. 돌쇠는 이제 눈에 독기를 품고 살았다. 꽃분이는 돌
쇠가 태어날 때부터 친동생처럼 여겼다. 친동생과 똑같이 샘을
내고 싸우고 함께 놀았다. 꽃분이는 더는 아끼는 사람을 잃고 싶

지 않았다.

금산성 전투 이후로 전국에서 더 많은 의병이 들고일어나 싸우고 있다고 했다. 관군들도 대오를 정비해 전투 중이라고 했다. 이순신 장군의 수군은 여전히 연전연승이었다. 그러나 그런 소식이 돌쇠에겐 아무 의미가 없었다.

'그게 다 무슨 소용인가. 내 아버지와 형이 죽었는데……'

본격적인 추수철이 바짝 다가오자 흉작인 와중에도 일거리가 쌓였다. 산 사람은 어찌 됐든 살아야 했고, 이가 없으니 잇몸으로라도 먹어야 했다. 평생 손에 삽 한 번 잡아 보지 않은 외삼촌과 급격하게 힘이 떨어진 어머니, 다리가 불편한 돌쇠가 꽃분이와 힘을 합쳐 추수를 했다. 거둬들인 벼가 지난해의 3분에 1에도 못 미쳤다. 벼는 둘째치고 콩도 마찬가지였다. 아버지가 그렇게 정성 들여 키워 보려 했던 옥수수도 수확이 형편없었다. 누구보다 억척스럽게 일한 꽃분이가 자기네 논과 밭에서 거둬들인 것도 별 볼 일 없기는 마찬가지였다. 곡식이 부족하면 채소와 산나물이라도 최대한 많이 말려 놔야 했다. 이 절기에 게으름을 부린다면 겨울은 시리도록 혹독할 터였다.

이 동네에서 유일하게 제대로 곡식을 거둔 집은 황부자네뿐이었다. 부잣집과 양반네는 전쟁도 비껴가는 모양이었다. 황부자는 전쟁 중에도 일꾼을 써서 일을 했다. 또한 전쟁 중에도 황부자네 일가는 아무도 죽거나 다치지 않았다. 일찌감치 시골로 피신을 가서 아직 돌아오지 않았기 때문이다.

징집된 젊은 남자는 아예 돌아오지 못하거나 다쳐서 돌아왔다. 이제 돌쇠 같은 절름발이는 아무것도 아니었다. 겨우 살았지만 팔다리가 잘려 돌아온 이도 있었고, 몸이 썩어서 서서히 죽어가는 이도 많았다.

추수가 끝나자 공출이 시작되었다. 건장한 남자가 둘이나 전장에 나가 죽었지만 돌쇠네 공출은 줄지 않았다. 조선 땅에 들어온 명나라 군사를 먹일 군량이 필요하다는 이유로 오히려 더 많은 양을 공출해 갔기 때문이다. 수확은 줄었는데 공출은 늘어났기 때문에 남은 사람들이 먹을 수 있는 양식은 턱없이 부족했다. 일본군이 밟고 지나간 땅이나 들어오지 않은 땅이나 힘들긴 매한가지였다.

여름에는 그렇게 비가 많이 내리더니 겨울이 되자 매서운 추위가 닥쳤다. 기온이 예년보다 훨씬 낮아진 것인지 가족을 잃고 마음이 심란해져 그렇게 느껴지는 것인지 알 수 없었다. 예전 같으면 돌쇠는 아버지가 일찌감치 마련한 장작으로 불을 때 따뜻한 안방에서 어머니가 바느질하는 모습을 구경하며 바늘을 던졌을 것이다. 아버지는 부지런히 가마니를 짜고, 형은 토끼 사냥을 다니던 따뜻한 겨울이었다. 이제 사정이 달라졌다. 아무리 열심히 나무를 해도 장작은 늘 부족했고, 식량이 부족한 것은 말할 것도 없었다.

여기저기에서 벌어지는 전투에서 조선군이 이기고 있다고는 하지만 전쟁이 끝날 기미는 보이지 않았다. 명나라에서 대군이 내려왔지만 명나라 군사는 일본군이 자기네 땅으로 넘어가지 못하도록 막는 역할만 하러 온 모양이었다. 남쪽으로 내려오는 데 소극적이었고 몸을 사렸다. 그 소극적인 명나라 군사의 식량을 대기 위해 살아남은 조선 백성의 허리가 휘었다.

혹독하게 추웠던 겨울이 지나고, 이듬해 4월이 되자 일본군이 한양에서 물러나고 조선과 명나라 연합군이 한양에 입성했다. 전쟁이 시작된 지 1년 반이 지난 10월에는 임금님이 도성인 한양으로 돌아왔다. 한양에서 의주까지 도망칠 때는 한 달 반 걸린 임금님이 의주에서 한양으로 오는 데는 느리고 느린 걸음으로 돌아왔다. 일본군은 서서히 철수해서 남쪽에 튼튼한 성을 쌓고 들어가 버렸다. 강화 협상이 벌어지고 있다는데, 이상하게 이 땅의 주인인 조선은 빠지고 명나라와 일본이 협상을 한다고 했다.

전쟁이 길어지자 백성들의 고통은 더욱 극심해졌다. 농사지을 땅은 황폐해졌고 일할 사람의 수도 급격히 줄었다. 당연히 거둘 곡식이 점점 더 줄었다. 그런데 거둬 놓은 곡식조차 일본군에게 빼앗기거나, 명나라 군대와 군인들을 먹일 군량으로 공출해 갔다. 공출을 이기지 못해 고향을 떠나 도적이 되는 사람들이 늘어났다. 도적들은 공출해 가는 식량을 훔쳤다. 공출한 곡식을 옮기다가 도적에게 빼앗기면 백성들에게서 다시 공출해 가는 악순

환이 이어졌다.

전쟁을 직접 겪은 지역에서는 난민이 속출했다. 어차피 집도 불타고 먹을 것도 없으니 임금님이 계시는 한양으로 발길을 옮기자는 피난민 행렬이 생겨났다. 조정에서 굶주린 난민에게 먹을 것을 주는 진제장*을 열었다는 소문이 퍼지자 피난민 행렬은 더욱 늘어났다. 다치고 굶주린 백성들은 임금님이 계신 한양으로 가면 살길이 보일 거라고 믿었다. 가다가 길에서 죽는 이가 대부분이었지만 그들에겐 그 길이 마지막 생명줄이었다. 엎친 데 덮친 격으로 기다리기라도 한 것처럼 전염병이 돌기 시작했다. 전쟁은 휴전 상태에 접어들었는데 백성의 삶은 더욱 처참해졌다.

불편한 몸을 이끌고 돌쇠가 일을 끝내고 집에 오면 어머니가 보이지 않는 날이 많아졌다. 어머니는 아침나절에 나가 해 지기 전에 녹초가 돼서 돌아오곤 했다. 솔잎을 잔뜩 따다가 가루를 내더니 곡식 가루에 섞어 가지고 나갔다.

하루는 돌쇠가 바쁘게 일하는 어머니에게 물었다.

"뭐 만드시는 거예요?"

"미음이다."

"어디 아프세요?"

---

* 백성들이 굶주렸을 때 곡식을 내주거나 죽을 쑤어 주며 구제하는 기구.

"한양으로 올라가는 사람들 나눠 주려고."

"우리 먹을 것도 없는데 왜 그걸 그 사람들한테 줘요?"

"힘내서 한양까지는 가야 할 것 아니냐. 한양에 백성을 도와주는 곳이 생겼다니 한양까지만 가면 희망이 있을 거야. 가다가 죽게 놔둘 순 없지."

"그런 건 나라에서 할 일이지 우리가 할 일이 아니에요. 우리 먹을 것도 부족한데 왜 그런 일을 해요? 이 나라가 우리에게 해 준 게 뭐가 있다고!"

어머니의 마음을 도저히 이해할 수 없었던 돌쇠는 악에 받쳐 대들었다.

"조금이라도 힘이 남는 사람이 도와야 하는 거야."

어머니는 조금도 주저하지 않았다. 어머니는 물에 곡식 가루와 송홧가루를 섞어 만든 묽디묽은 미음을 한양으로 올라가는 피난민들에게 나눠 주었다.

"이것 먹고 힘내서 한양까지 가세요. 조금만 힘내세요."

어떤 할머니는 고맙다며 어머니의 손을 부여잡고 눈물을 흘렸다. 그 할머니는 얼마 못 가서 길에 쓰러졌다. 길가에서 쓰러지면 사람들이 달려들어 몸에 붙은 건 다 가져갔다. 심지어 살점까지 떼어 먹는다는 소문이 파다했다.

그날도 어머니는 미음을 나눠 주고 집으로 돌아왔다. 그런데 피난민 하나가 어머니의 뒤를 몰래 쫓아왔다. 집에 들어서자 그 피난민은 강도로 돌변했다.

"먹을 거 내놔."

"우리 먹을 것도 부족해요."

"먹을 게 많으니 사람들에게 나눠 줬을 거 아냐!"

피난민은 몽둥이를 휘두르며 부엌을 뒤졌다.

마침 방 안에 있던 돌쇠는 오랜만에 바늘 쌈지를 열어 바늘을 만지작거리고 있었다. 바깥에서 나는 소란한 소리에 돌쇠는 방문을 열었다.

부엌을 뒤져도 변변한 먹을거리가 나오지 않자 강도는 어머니에게 달려들 기세였다.

"먹을 걸 내놓으라고!"

돌쇠는 재빨리 몽둥이를 든 강도의 손을 향해 바늘을 날렸다. 돌쇠의 바늘 던지는 실력은 녹슬지 않았다. 독기 때문인지 힘든 농사일을 해내면서 늘어난 근력 때문인지 먹는 게 부실해졌어도 힘은 더욱 세졌다. 강도는 소리를 지르고 손을 감싸며 내뺐다.

돌쇠는 피난민의 눈을 향해 바늘을 던지고 싶은 분노를 겨우 참았다. 돌쇠가 눈을 향해 바늘을 깊숙이 찔러 넣었다면 피난민은 죽을 수도 있었다.

"은혜도 모르는 저런 것들을 뭐 하러 도와주냐고요! 그럴 게 있으면 어머니나 더 드세요!"

마루에 쓰러지듯 주저앉은 어머니를 향해 돌쇠가 소리쳤다.

돌쇠는 더는 예전처럼 맑고 순수한 아이가 아니었다. 전쟁은 장애가 있어도 티끌 하나 없이 밝았던 돌쇠를 찌들고 찌든 애어른으로 만들어 놓았다.

"살아만 있으면 뭐라도 한다. 목숨이 붙어 있으면 살 방도를 찾는 게 사람이다."

어머니는 혼잣말처럼 읊조렸다.

이 소식을 전해 들은 꽃분이가 말했다.

"안되겠어! 내일부턴 내가 엄마를 따라갈래."

전쟁으로 의지가지없는 존재가 된 꽃분이가 어떻게 저렇게 낙천적일 수 있는지 돌쇠는 이해가 가지 않았다.

"고아가 된 주제에 누굴 도와?"

어머니가 그만두라고 돌쇠의 팔을 잡았다. 그러나 이미 말은 화살이 되어 날아가 버렸다.

화살에 맞은 꽃분이가 돌쇠를 똑바로 쳐다보았다.

"내가 예전에 너한테 병신이라고 한 거, 병신 꼴값한다고 한 거 진심으로 미안해."

"뭐야, 옛날 일에 갑자기 뭔 사과야?"

"그때 일 생각하면 너 아직도 기분 나쁘지? 지금 넌 그때 내가 너한테 했던 거하고 똑같은 짓을 한 거야. 사람 제일 아픈 데를 후벼 판 거라고! 그래도 그때 난 어렸다. 지금의 너보다 훨씬 어렸어."

돌쇠는 아무런 대답도 하지 못하고 꽃분이의 눈길을 피하고
말았다. 꽃분이가 언제 저렇게 어른스러워졌는지 돌쇠는 마치
어렸을 때 어머니에게 꾸지람을 들었을 때처럼 한없이 쪼그라
드는 기분이었다.

"아니다. 내가 가마."

이번엔 가만히 듣고만 있던 외삼촌이 나섰다. 외삼촌은 엄마
와 함께 미음을 만들어 사람들에게 나눠 주었다. 꽃분이는 한술
더 떠서 동네 사람들에게 좀도리*를 했다. 정말 이상한 건 황부
자는 쓸데없는 짓을 한다며 거들떠보지도 않았지만 가난한 마
을 사람들은 한 주먹씩이라도 곡식을 덜어 냈다. 나눌 곡식이 없
는 사람은 말린 나물이라도 꺼내 놓았다. 그러나 그 피난민들이
한양에 도착했을 즈음에 진제장은 식량 부족으로 이미 문을 닫
은 뒤였다.

---

* 절미(쌀을 절약함)의 전남 방언. 좀도리는 쌀독에서 쌀을 퍼낼 때 한 움
큼씩 덜어서 모아 두는 일을 말하는데, 이렇게 모은 쌀은 긴급한 일이 생겼
을 때나 남을 도울 때 쓴다.

17
도둑들

　해가 떠오른 지 한참이 지났는데도 어머니가 일어나질 않았다. 평생을 새벽같이 일어나 일을 해 온 어머니였다. 이상한 느낌이 든 돌쇠는 방 안으로 들어갔다. 어머니는 소리 없이 앓고 있었다. 병에 걸린 것이다.

　꽃분이가 죽을 끓여 와 어머니의 입에 넣어 주었다.

　"엄마, 힘들어도 이거 먹어야 해."

　어머니는 제대로 삼키지 못했다.

　돌쇠가 꽃분이 손에서 죽 그릇을 뺏어 들었다.

　"엄마, 먹어야 살지. 다른 사람들 미음은 잘만 주더니 자기는 먹지도 못하고."

"그래, 먹자."

말은 그렇게 했지만 어머니는 삼키지 못했다.

외삼촌이 의원을 부르러 갔지만 의원은 오지 않았다. 의원은
어머니가 병든 사람들을 돌보다가 전염병이 옮은 게 틀림없다
며 꺼렸다. 이번엔 돌쇠가 의원을 찾아갔다. 의원은 왕진을 올
생각은커녕 오히려 마을에 전염병이 돌지 모른다며 문도 열어
주지 않았다.

돌쇠와 꽃분이가 정성을 다해 돌봤지만 어머니는 시름시름 앓
기만 할 뿐 자리에서 일어나지 못했다.

돌쇠는 반닫이에서 광목에 꼼꼼히 쌓아 놓은 물건을 꺼냈다.
어머니가 반닫이 깊숙이 넣어 놓은 상자였다. 돌쇠가 상자를 봇
짐 속에 집어넣고 집 밖으로 나서자 꽃분이가 물었다.

"어딜 가려는데?"

"풀죽 가지고는 안 돼. 약을 지어야 해."

"집에 아무것도 없는데 뭘로 약을 지어? 의원에게 가서 또 부
탁해 보려고?"

"황부자네 집에 갈 거야."

"황부자? 황부자가 바꿀 게 아무것도 없는 우리한테 뭘 줄 것
같아?"

"그래도 가만히 있을 순 없잖아."

살아남은 사람들에게는 하루하루가 전쟁 같은 삶이었다. 가뜩

이나 농지와 사람이 부족한 데다 가뭄으로 곡식을 제대로 거둔 집이 없었다. 항아리 바닥에 깔린 곡식까지 긁어 간다는 공출도 감당할 수가 없었다. 제대로 먹지 못해 굶어 죽었고, 병에 걸려 죽는 사람도 많았다. 황부자네 집 앞에는 당장 먹을 양식을 구하러 온 사람들이 줄을 섰다.

가난한 사람들은 집에 남아 있는 물건 중에서 돈이 될 만한 것들을 팔아 곡식을 샀다. 그러나 곡식값이 천정부지로 뛰어올라 금과 은을 가져와도 구할 수 있는 곡식은 얼마 되지 않았다. 황부자네 집 앞에는 집안의 가보를 팔아서라도 곡식을 장만하려고 사람들이 몰려들었다. 그러나 금은은 똥값으로, 곡식은 금값으로 바뀐 지 이미 오래였다. 집안의 가보를 헐값에 팔고도 먹을 게 모자라면 대대로 내려온 땅을 팔았다. 그러고도 먹을 게 없으면 자신의 몸을 팔아 노비가 되었다. 먹지 않고는 살 수 없는 게 사람이었다.

황부자가 돌쇠의 행색을 뚫어지게 바라보며 물었다.

"바꿀 만한 게 있는가?"

돌쇠는 은수저 상자를 내밀었다. 돌쇠가 태어난 해에 외삼촌이 선물로 가져온 은수저였다.

은수저를 무심한 듯 바라보던 황부자가 담담하게 말했다.

"굶어 죽는 판에 금과 은이 무슨 소용이 있나. 은수저를 쓴다고 배가 부른 것도 아니고. 전쟁 통에는 그냥 쇠붙이일 뿐이지."

"어머니가 많이 아프십니다. 약을 살 쌀이 필요합니다."

"쌀 한 말."

은수저 열 벌이 고작 쌀 한 말이라니 돌쇠는 어이가 없었다.

그때 밖이 소란스러워졌다.

"도적이다!"

황부자는 얼른 방으로 들어가 긴 칼을 들고 나오더니 창고를 향해 달려갔다. 죽음과 굶주림 말고도 전쟁 때문에 늘어난 게 있다면 도적이었다. 도적들의 등쌀에 백성들은 살기가 더욱 어려웠다. 도적들은 하나둘도 아니고 수십, 심지어는 관군처럼 수백 명씩 떼로 몰려다녔다. 돌쇠네 마을에도 도적들이 자주 나타났다. 도적은 관군과 싸워 물리친 뒤, 거둬들인 곡식을 쌓아 둔 관아의 창고를 털어 곡식을 빼앗아 갔다. 그 바람에 농민들은 또다시 공출을 당했다.

황부자는 도적들을 막기 위해 젊고 건강한 사람을 사서 창고를 지키게 했다. 이만한 대비도 하지 않았다면 그 많은 부를 쌓을 수 없었을 것이다.

창고 앞에서는 일꾼들과 도적들이 한판 싸움을 벌였다.

"아버님!"

아수라장 속에서도 귀에 익숙한 소리가 나자 황부자는 뒤를 돌아보았다. 머리를 풀어 헤치고 무명천으로 얼굴을 가린 건장한 남자가 말 위에 앉아 황부자를 내려다보았다. 황부자는 전혀 모르겠다는 얼굴로 말 탄 도적을 바라보았다.

"접니다, 아버님. 막손이."

"네가 막손이라고?"

"아버님의 양아들 막손이가 맞습니다."

"그래, 막손아, 잘 왔다. 어서 저 도적놈들을 해치우거라."

황부자는 지원군이라도 만난 듯 반가운 얼굴이 되었다.

그런 황부자를 바라보는 막손이의 눈빛이 더욱 차가워졌다.

"다 제가 부리는 녀석들입니다. 천한 목숨이라도 붙이려고 도적이 됐습지요."

"뭐야? 네가 어찌 거둬 준 은혜도 모르고 감히 내 집을 터는 거냐?"

"은혜요? 아버님의 뒤치다꺼리를 하다가 귀하신 아들 대신 전쟁터에 갔다 왔습죠."

막손이가 두건을 벗고 산발한 머리카락을 들어 올렸다. 막손이의 두 귀가 있어야 할 자리에는 아무것도 없었다.

황부자는 흠칫 놀라 주저앉았다.

막손이는 가슴을 풀어 헤쳐 칼자국을 드러내며 담담히 말했다.

"왜적에게 잡혀 죽을 뻔했습니다. 칼에 맞아 죽어 가는데 왜놈들이 귀를 잘라 갔습니다. 황천 가까이 갔는데도 목숨이 질겨서 다시 돌아왔습니다요. 이거야말로 다 아버님 은혜가 아니고 뭐겠습니까?"

황부자는 무릎걸음으로 기다시피 막손이에게 애원했다. 사람들에게 땅문서를 받고 입에 풀칠할 만큼의 곡식만 선심 쓰듯 내줄 때의 거만함은 온데간데없었다.

"막손아, 미안하다. 내가 어찌 네가 그리 험한 일을 당할 줄 알았겠느냐. 이게 다 이놈의 전쟁 탓이야. 이 난리 통에 곡식을 다 가져가면 나는 어찌 살 것이냐. 내 너에게만은 곱게 나눠 줄 터이니 조용히 나가거라."

말에 탄 막손이가 황부자를 내려다보며 말했다.

"아버님의 목숨값은 얼마나 될까요? 부자들의 목숨은 얼마나 더 질길까요?"

막손이가 말고삐를 잡아채자 말이 두 다리를 높이 들었다. 황부자를 짓밟기라도 할 기세였다. 황부자는 두 손으로 머리를 감쌌다.

"으악!"

고함을 지른 사람은 황부자가 아니라 막손이였다. 막손이는 비명을 지르며 말고삐를 늦추었다. 말도 앞다리를 내렸다.

황부자가 고개를 들어 앞을 보자 막손이가 한 손을 움켜쥐고 있었다. 건너편에서 바늘을 든 돌쇠가 막손이에게 소리쳤다.

"눈을 맞힐 수도 있었소."

"오호라! 이게 누구야? 그래, 기억나. 바늘대장 아니신가?"

막손이는 바늘에 맞아 고통을 느끼면서도 큰소리를 쳤다.

돌쇠가 바늘을 다시 쥐며 말했다.

"이 바늘이 눈을 꿰뚫으면 아프다는 소리도 못 하고 쓰러질 거요. 설사 운이 좋아 살아난다 해도 장님은 못 면하오. 까짓 귀때기야 없어도 소리가 잘 들릴 것이나, 눈이 없으면 어떨 것 같소? 눈먼 도적이 있다는 소리는 내 들어 보지 못했소."

"우리는 지금 힘없고 죄 없이 죽은 백성들의 원한을 갚아 주고 있는 거야."

돌쇠는 자신을 마치 의적인 양 얘기하는 막손이에게 소리쳤다.

"당신도 마찬가지야. 조선 땅을 짓밟은 왜적이나, 백성은 모른 척하고 저만 살고자 하는 조정의 양반네나, 힘없는 사람을 괴롭히는 당신이나 우리한테는 다 똑같은 도적놈이야. 당신도 다르지 않아."

"강쇠를 생각해 봐. 나라를 위해 제 목숨을 바쳤다고 이 나라가 뭐가 달라졌냐?"

막손이에게서 형의 이름을 듣자 바늘을 잡은 돌쇠의 손이 떨렸다.

마음이 흔들리는 돌쇠를 본 막손이가 말을 이었다.

"네 형과 아버지가 전장에 나가 기어이 다 죽었다지? 나는 네 형과 함께 왜적과 싸우다 두 귀를 잃고 죽다 살아났다. 그런데 저자는 어떠냐? 황부자와 그 아들들은 지금 저렇게 잘 살고 있어. 전쟁터에서 죽은 양반네가 고작 몇이나 될 것 같냐? 백성들은 나 몰라라 하고 똥줄이 빠지게 도망 다녔던 임금님도 잘 살고 계시지. 네 형과 아비는 누굴 위해 싸우다 죽은 거냐? 도대체 누굴 위해!"

돌쇠는 주위를 둘러보았다. 도적 수십 명이 돌쇠 주변으로 몰려왔다. 바늘을 모두에게 한꺼번에 던질 수는 없었다. 돌쇠는 황부자 앞을 막아서며 막손이에게 소리쳤다.

"형은 절대 도적 따윈 되지 않아. 분명 같이 살 방도를 찾았을 거야. 나도 너 따위 도적은 겁나지 않아!"

"으하하핫! 그 개통보다 쓸모없는 고집 하나는 형제가 똑 닮았구나. 네 눈에는 나 같은 잔 도적만 보이고 백성들 등골을 빼먹는 더 큰 도적들은 안 보이는 모양이지?"

막손이는 손에 박힌 바늘을 뽑아 황부자를 향해 던졌다. 바늘은 벌벌 떠는 황부자 몸까지 오지 못하고 땅에 박혔다.

"내가 지금 너를 살려 주는 건 네 형에게 진 빚이 있어서다. 마음이 바뀌면 찾아와라. 그 실력이라면 절름발이여도 내 특별히 받아 줄 테니 말이다."

막손이는 말 머리를 돌려 무리를 향해 소리쳤다.

"다 챙겼으면 그만 가자."

막손이와 도적 무리는 수레에 곡식을 싣고 떠났다.

돌쇠는 바늘을 쥔 채 그 자리에 서서 막손이의 뒷모습을 바라보았다.

황부자가 돌쇠에게 다가와 쌀자루를 내밀었다.

"쯧쯧쯧, 그리 마음이 약해서야, 원. 바늘을 그놈 눈구멍에 던졌어야지."

돌쇠의 바늘 쥔 손이 떨려 왔다.

황부자가 돌쇠의 눈치를 살피며 쌀자루를 내밀었다.

"자, 이건 내 목숨을 구해 준 사례이다. 앞으로 나를 도와준다면 식솔들 배곯을 걱정은 하지 않아도 될 거야. 어때? 나를 좀 도와주겠나?"

"나보고 백성들 피땀을 빨아먹는 일을 도와 달라는 겁니까? 같은 도둑이 되자고요?"

돌쇠는 황부자가 내민 쌀자루를 받아 들었다.

"이건 당신 목숨을 구해 준 값이니 가져가겠습니다."

돌쇠는 쌀자루를 들고 황부자네 집을 나섰다.

18
정유년의 재침

　소문은 언제나 빠르게 민심의 한복판까지 파고든다. 조선 땅
에서 일어난 전쟁에 대한 강화를 하는 데 조선은 빼고 명나라와
일본만 마주 앉아 협상을 한다는 소식을 백성들은 이미 잘 알고
있었다. 그래도 강화가 이뤄져서 적이 물러나고 명군이 돌아간
다면 살 수 있다는 희망으로 버텼다. 조선 백성에게 일본군은 얼
레빗이요, 명군은 참빗이라고 했다. 조선 백성을 벗겨 먹는 데는
구원병 명군이란 존재가 더 혹독했기 때문이다. 구원병을 먹여
야 하는 건 굶주린 조선 백성의 몫이었다. 그러나 3년의 휴전이
끝나고 들려온 소식은 정유년에 일본이 다시 쳐들어왔다는 것
이었다. 임금님이 민심을 얻은 영웅들을 시기하고 있다는 소문

이 파다했다. 역전의 용사인 의병장 김덕령 장군이 조정의 모진 고문에 무릎으로 기어 다니다 만고충신이라는 칭호를 받은 뒤에야 옥사했다는 소문이 퍼졌다. 죄목은 일본군 사이에서 이름이 오르내렸기 때문이라고 한다. 고문을 받고 겨우 살아난 홍의 장군 곽재우는 산에 들어갔다는 소문이 떠돌았다.

어명을 어긴 죄로 이순신 장군이 한양까지 압송되어 모진 고문을 받았다는 소문이 돌았을 때는 민심이 크게 동요했다. 나라를 구한 영웅들에 대한 임금님의 요상한 시기와 질투가 그냥 퍼져 나가는 허황된 소문이 아니었던 것이다. 겨우 목숨을 건져 백의종군을 하게 된 이순신 장군의 어머니가 돌아가셨다. 남쪽으로 내려가는 길이니 장군이 아산에 들를 것이라는 소식을 듣고 장군의 얼굴이라도 보겠다는 사람들이 몰려들었다. 그러나 비보를 들은 이순신 장군은 빈소에 들르지 않고 상복으로 갈아입고 남쪽으로 내려갔다. 가슴으로 통곡하고, 자기를 고문하고 죽이려 한 나라를 지키려 나가는 장군의 뒷모습에 백성들은 다시 위안을 받고 자기 삶터로 돌아갔다.

소문은 돌쇠의 귀에도 들어왔다. 그러나 돌쇠는 이해가 되지 않았다. 김덕령도 곽재우도 이순신도 이해되지 않았다. 이 나라가 해 준 게 뭐가 있다고 저리 충성스럽단 말인가? 도대체 누구를 위한 충이란 말인가? 가장 이해가 되지 않는 것은 백성들이었다. 저 장군들이 짊어진 갑옷의 무게에 비하면 내 삶의 무게는 가볍지 아니한가라고 말하고 또다시 개미처럼 일하는 백성들의 긍정을 돌쇠는 이해할 수 없었다.

소문처럼 일본군은 또다시 한양을 향해 북으로 진격해 올라왔다. 그러나 이번에는 임진년에 이순신 장군이 이끌던 수군과 의병에 발목이 잡혀 밟아 보지 못했던 전라도 땅을 짓밟으며 올라왔다. 이순신 장군이 없는 틈을 타서 남해 바다를 통해 구례, 남원, 전주를 거쳐 삼남대로로 빠르게 올라왔다.

임진년의 일본군은 오로지 빠른 속도로 한양을 점령하고 명나라로 쳐들어가는 게 목표였다. 군기가 엄격해서 필요한 군량 이상을 약탈하면 내부에서 징계를 받으므로 자제할 수밖에 없었다. 그러나 정유년의 일본군은 복수전을 위한 재침에 가까웠다.

일본군은 길어진 전쟁으로 인한 중압감을 민간인 학살과 약탈로 풀었다. 훨씬 잔혹해진 일본군은 귀한 물건을 약탈하고, 집을 불태우고, 도공들과 장인들을 납치했다. 여자들을 겁탈하고 조선 사람을 죽이고는 그 징표로 코를 잘랐다. 귀는 두 개라서 거짓으로 전과를 부풀릴 수 있지만 코는 하나밖에 없기 때문이었다. 일본군은 소금에 절인 조선인의 코를 일본에 있는 도요토미 히데요시에게 갖다 바쳤다. 일본군은 공적을 더 많이 쌓기 위해 군인과 민간인을 가리지 않았고, 잡힌 아이들의 코까지 벴다. 일본군이 지나간 자리에는 코 없는 아이들이 무수하게 생긴다는 소문이 파다했다.

9월을 앞두고 이순신 장군이 삼도수군통제사로 임명되었지만, 일본군은 이미 충청도 공주까지 진격했다. 일본군이 돌쇠네 동네 코앞에까지 들이닥친 것이다. 충청을 지나면 곧 한양이다. 일본군이 이 땅을 밟고 지나가면 임진년처럼 임금님은 다시 한양을 버리고 피난길에 올라야 하는 것이다. 다행히 명나라의 지원군이 급하게 내려오고 있었다.

일본군이 전라도에서 저지른 포악한 행동을 전해 들은 마을 사람들은 서둘러 고향을 떠났다. 아예 멀리 피난을 떠난 사람도 있고, 근처 깊은 산속에 숨어 잠시 전쟁을 피해 보자는 사람도 있었다.

돌쇠도 집에 앉아서 마냥 당하고 있을 수만은 없었다. 그러나 병든 어머니를 모시고 멀리 떠나는 것은 불가능했다. 어머니는 힘든 피난길에 돌아가실 수도 있었다. 그것은 어머니 자신이 더욱 잘 알았다.

"난 집에 있을란다."

돌쇠는 어머니에게 같이 가자고 울며 매달리지 않고 차분하게 말했다.

"우린 가까운 산에 숨을 거예요. 저기 산까지만 가시면 돼요."

어머니는 힘없이 고개를 흔들었다.

"어차피 죽을 목숨인데 나한테까지 칼을 휘두르겠니?"

외삼촌이 나서서 어머니를 설득했다.

"옥아, 왜적들이 사람을 닥치는 대로 죽이고 있다는구나. 코를 하나라도 더 베기 위해 눈이 뒤집혔단다. 병든 몸이라고 봐줄 인간들이 아니야. 그들은 피에 굶주린 악귀야."

"저는 못 가요. 제가 가면 다 잡혀요. 오라버니, 돌쇠와 꽃분이를 데리고 어서 떠나세요."

"어머니, 준비해 놓은 게 있어요."

돌쇠와 꽃분이는 미리 작은 수레를 만들어 두었다. 어머니를 실을 수레였다. 어머니를 수레에 태우고 외삼촌이 끌고 꽃분이와 돌쇠가 뒤에서 밀었다.

어머니를 실은 수레는 산으로 올라갔다. 산은 앞에서는 작아 보이지만 뒤로는 큰 산줄기와 연결돼 있다. 일단 산 중턱의 조그만 굴에 어머니를 모셔 놓고 사태를 지켜보다가 일이 잘못되면 산속 깊숙이 들어갈 계획이었다. 예전에 강쇠와 돌쇠가 산줄기를 타고 내려온 멧돼지를 잡았던 그 산이었다.

어머니를 모시고 굴 안으로 들어서자 인기척이 느껴졌다. 돌쇠는 허리춤에 숨겨 두었던 바늘 쌈지를 잡았다. 굴 안에 있던 사람은 멀리 떠나지 못할 정도로 노쇠한 노약자들이었다. 한 노인이 자신이 있던 자리에서 비켜나더니 누울 자리를 만들며 이리 오라는 듯이 손짓을 했다. 장골 할아버지였다. 장골 할아버지는 워낙 나이가 많아 예전의 꼬장꼬장한 기세가 사라진 데다가 헐벗고 굶주려서 저승사자처럼 창백했다. 그래도 살아 있었다.

돌쇠는 굴 밖으로 나와 주위를 살피며 산을 둘러봤다. 어린 돌쇠가 가지에 앉아서 바늘을 던졌던 나무는 여전히 그 자리에 서 있었다.

돌쇠는 할아버지나무를 어루만졌다.

"할아버지, 우린 왜 이 땅을 짓밟혔나요? 잘못한 게 없는 우리 아버지랑 형은 왜 죽었나요? 할아버지가 우리 마을을 지켜 준다면서요. 그런데 보세요. 우리 땅이 이 꼴이 됐어요. 우리 조선 땅에 왜군이 또 쳐들어왔어요."

"돌쇠야!"

어디선가 서늘한 바람과 함께 나직한 소리가 들려왔다.

돌쇠는 고개를 들었다. 곁으로 다가오던 외삼촌에게 물었다.

"저 부르셨어요?"

"아니다. 왜 그러느냐?"

외삼촌은 영문을 모르겠다는 얼굴이었다.

그때 돌쇠의 얼굴로 또다시 서늘한 바람이 한 점 불었다. 돌쇠는 바람이 부는 대로 참나무에서 눈을 떼고 고향 땅을 내려다보았다. 얼핏 총소리가 들렸다. 멀리서 시커먼 연기가 솟아올랐다. 총소리가 점점 커졌고, 마을을 태우는 불길도 거세졌다.

"기어이 들이닥쳤구나!"

외삼촌이 마을에서 올라오는 검은 연기를 내려다보며 탄식을 했다.

저 불길 속에서 미처 몸을 피하지 못한 사람들의 절규가 여기까지 전해 오는 듯했다. 시커먼 연기는 더욱 거세졌다.

외삼촌이 온몸에 끼친 소름을 떨쳐 내며 말했다.

"왜적들이 다가오면 더 깊은 산속으로 들어가야 해."

돌쇠는 사람들이 누워 있는 굴을 바라보았다.

"제가 망을 볼게요. 삼촌은 사람들을 돌봐 주세요. 제가 신호를 보내면 곧바로 더 깊이 들어갈 수 있게 준비해 주세요."

외삼촌은 한숨을 깊이 쉬고 굴속으로 들어갔다. 외삼촌이 마을이 불타고 있다는 소식을 전했는지 굴 안에서 울음소리가 들려왔다.

돌쇠는 산에서 한참 동안 불타는 마을을 바라보았다. 저 불길 안에 돌쇠네 집이 있고, 이웃들이 살던 집이 있었다. 돌쇠는 이제 자기가 발을 붙일 작은 둥지마저 빼앗겼다는 처참함에 사로잡혔다. 자기 집을 태우는 불길을 그저 바라볼 수밖에 없는 돌쇠는 뜨거운 눈물을 흘렸다.

돌쇠는 굴 안으로 들어가 사람들을 바라보았다. 늙고 어리고 병들고 지친 이 사람들이 살아남아도 이제 돌아갈 곳이 없어졌다. 이 사람들에게 남은 것은 서로의 체온밖에 없었다.

마을을 불태우며 올라온 일본군은 충청도 직산현에 진영을 만들었다. 일본군의 깃발과 천막이 산 위에서도 선명히 보였다. 일본군은 안성천을 건너지 않고 직산 땅에 멈춰서 더는 북쪽으로 올라가지 않고 약탈을 해 댔다.

그즈음 소사벌 건너편 소사원에는 명군이 도착했다. 먹을 것을 찾아 산속을 헤매던 돌쇠는 산 너머 맞은편에 자리 잡은 명군의 진영을 발견했다. 소사벌을 사이에 두고 일본군과 명군이 대치한 것이다. 이 소사벌에서 명군과 일본군이 전투를 벌이는 것은 시간문제였다.

돌쇠는 서둘러 굴로 가서 이 소식을 전했다.

"명군이 내려왔어요. 곧 전투가 벌어질 거예요."

굴 안에 있던 사람들은 이제 살았다며 작게 탄성을 질렀다. 꽃분이는 어머니의 손을 더욱 꽉 쥐며 안도의 한숨을 쉬었다. 외삼촌은 명군의 진영을 자세히 보기 위해 산 위로 올라갔다.

며칠 동안 돌쇠는 산속을 헤매며 양쪽 군대의 동태를 살폈다. 그러고는 결심한 듯 일어서서 굴 안으로 들어갔다. 어머니는 누워 있고 그 곁에 외삼촌과 꽃분이가 앉아 있었다.

"이상해요."

"뭐가?"

외삼촌이 되물었다.

"왜 이리 조용하죠?"

"누구? 꽃분이 말이냐?"

꽃분이는 눈을 힐끗하더니 다시 무릎 사이에 머리를 박았다.

"여기 왜군하고 저기 명군 말이에요. 며칠 전부터 곧 전투가 벌어질 것 같았는데 너무 조용해요. 일본군에서 말을 탄 군사들이 명군 쪽으로 가는 것 같은데 다시 돌아오고 있어요. 그렇다고 뒤로 물러나지도 않고요. 이상해요."

직산의 일본군 진영에서는 휘황찬란한 깃발이 나부꼈지만 전투의 기미는 보이지 않았다. 그것은 명나라 진영도 마찬가지였다.

"명군은 싸우고 싶지 않을 거야. 그저 일본군이 명나라 땅으로 들어가는 걸 막고 싶은 것뿐이니까."

"하지만 다시 쳐들어온 일본군은 죽기 살기로 달려들어야 맞잖아요."

"저기는 성이 아니라 소사벌이야. 사방이 훤히 터져 있어서 몸을 숨길 만한 게 없으니 말을 탄 군사가 수천 명이 내려왔어도 명군은 쉽게 못 붙을 거다. 일본군도 마찬가지야. 아무런 방패막이 없이 조총을 쏘아 댈 순 없을 거다."

"그래도 뭔가 이상해요. 아무래도 내려가 봐야겠어요."

"어쩌려는 거냐?"

"제가 뭐라도 할 수 있는 게 있을 거예요."

꽃분이가 돌쇠를 바라보며 물었다.

"너, 혹시 바늘이라도 던지겠다는 거야?"

"가만히 있으면 곧 여기까지 위험해져. 죽더라도 뭐라도 하다 죽을 거야."

외삼촌이 돌쇠를 바라보며 말했다.

"잠깐, 내가 명나라 말을 할 줄 아니까 명군 쪽으로 가서 자세한 근황을 좀 알아보마."

돌쇠가 천으로 꼼꼼하게 감싼 물건을 삼촌에게 내밀었다.

"이게 필요하실 거예요. 지난번에 어머니 약값을 구하려고 가지고 나갔다가 도로 갖고 올 수 있었는데……."

삼촌은 천을 풀었다. 돌쇠의 돌 때 선물로 준 은수저였다.

"명군은 조선 은을 가지고 싶어 안달이라고 들었어요."

"그래, 사람은 자기 손에 뭐라도 떨어질 게 있으면 말이 많아지는 법이다."

삼촌은 은수저를 다시 천으로 싸서 품 안 깊숙이 넣은 뒤 일어섰다.

돌쇠도 자리에서 일어나며 어머니에게 말했다.

"어머니, 저도 같이 갔다 올게요. 조금만 참으세요. 아셨죠?"

어머니는 말없이 고개를 끄덕였다.

돌쇠와 외삼촌은 굴 밖으로 나갔다.

19
명나라 장수와의 담판

명나라군의 막사 앞은 차분했다. 당장 전투를 준비하는 기미도 없었다. 무언가를 기다리는 듯 조용했다. 외삼촌은 명군 막사 근처에서 주위의 눈치를 살피며 살며시 빠져나왔다. 외삼촌은 근처 풀숲에 숨어 있던 돌쇠 곁으로 다가와 몸을 숨겼다.

"저기 왜군 대장이 구로다 나가마사(黑田長政)인데 이 구로다 나가마사한테 아주 지랄맞은 부하 장수가 있는 모양이야. 그 부장은 철 갑옷으로 몸을 칭칭 감고 얼굴에 가면을 써서 악귀라고 부른대. 이 악귀가 워낙 싸움을 잘하는 데다 철 갑옷으로 몸을 감싸고 있어서 화살이나 칼도 들어가지 않는다는구나. 악귀가 명나라 진영으로 와서 싸움을 거는 모양인데, 명나라 대장은 대책 없이 군사를 잃고 싶지 않아서 가만히 있다는 거야."

돌쇠는 말을 탄 일본군이 명나라 진영 가까이 갔다가 되돌아오던 모습을 떠올렸다.

"안전한 곳으로 가요."

돌쇠가 외삼촌과 함께 간 곳은 소사 주막이었다. 소사 주막은 평소에는 한양을 오가는 객들로 붐비던 곳인데 지금은 전쟁 때문에 텅 비어 있었다. 돌쇠와 외삼촌이 주막 안으로 들어가자 웬조선 옷을 입은 남자가 서 있었다. 당장 전투가 벌어지려는 마당에 주막에 사람이 있다는 건 일본군 첩자이기 쉬웠다. 섣부른 싸움을 피하기 위해 돌쇠는 슬며시 바늘 하나를 빼 들고는 뒷걸음질로 나가려 했다.

그때 조선 남자가 물었다.

"혹시 바늘을 던지려는 거요?"

돌쇠는 깜짝 놀라 곧장 바늘을 던질 기세로 팔을 들어 올렸다. 조선 남자가 돌쇠를 바라보며 웃었다. 남장을 한 꽃분이였다.

바늘을 거두며 돌쇠가 소리쳤다.

"여기서 뭐 하는 거야?"

"나 없이 너 혼자는 무리야. 도우러 왔지."

"어머니는 어쩌고."

꽃분이는 자기가 입은 사내 옷을 바라보았다.

돌쇠와 외삼촌이 나가고 난 뒤 꽃분이는 못내 걱정스러워 안

절부절못했다. 그때 어머니가 꽃분이 손을 꼭 잡았다.

"왜요? 어디 불편하세요?"

어머니는 꽃분이를 바라보고 말했다.

"돌쇠를 도와줘."

"그래도 아픈 엄마 두고 어떻게 가?"

그때 장골 할아버지가 꽃분이에게 다가왔다.

"아무리 뚝심이 세다 해도 한 손으로 두 주먹을 당하지 못하고, 두 주먹으로 네 손을 당해 내지 못한다 했다. 어머니 걱정은 말고 가서 힘을 보태라. 네가 어릴 때부터 돌쇠를 살살 꼬드겨서 말썽 부리는 데는 아주 도가 텄지. 동네에 과실이며 닭이 남아나질 않았으니까."

굴 안에서 숨죽이고 있던 사람들 사이에서 작은 웃음소리가 들려왔다.

장골 할아버지가 품에 안은 보퉁이를 꽃분이에게 내밀었다.

"너한테 이게 필요할지 모르겠다."

할아버지가 내민 보퉁이에는 사내 옷이 들어 있었다.

"혹시 나 죽으면 묻을 때 입혀 달라고 하려고 가져왔다. 그래도 조상님 만나러 가는 저승길은 깨끗하게 가고 싶었는데, 죽은 늙은이가 입는 것보단 네가 입는 게 낫지. 어차피 내 아들놈은 전쟁터에 나가 험한 꼴로 죽었을 텐데 아비가 돼서 뒤늦게 차려 입고 갈 염치도 없고……."

꽃분이는 굴 안의 사람들을 둘러보았다.

"걱정 마세요. 집에 돌아가면 어머니하고 제가 이거보다 더 좋은 옷을 지어 드릴 테니까. 근데 할아버지는 바지에 똥 쌀 때까지 살 거예요."

"저, 저, 다 큰 처녀 말본새 하고는. 내가 저러기에 갑돌이 놈한테 딸년 교육 좀 단단히 시키라고 그렇게 일렀건만……. 쯧쯧쯧."

숨소리까지 죽여 가며 숨어 있던 사람들의 숨통을 트여 줄 수 있는 꽃분이였다. 주변까지 밝게 만드는 꽃분이가 지닌 강한 생명력이었다.

꽃분이는 그길로 남장을 하고 돌쇠와 외삼촌이 찾아올 소사 주막으로 숨어 들어가 기다린 것이다.

돌쇠는 꽃분이를 위험에 빠뜨리고 싶지 않았다.

"위험해. 어서 돌아가."

"위험하긴 조선 땅 어디나 다 마찬가지야."

돌쇠는 꽃분이를 바라보았다. 꽃분이가 곁에 살아 있어서 얼마나 다행인가. 꽃분이는 어엿한 열아홉 살로 전쟁 통에도 살아남은 강한 여인이었다. 어머니는 병약해져 돌봐야 될 사람이 됐지만, 꽃분이는 어느새 돌쇠가 의지할 수 있는 사람이 되었다.

꽃분이가 외삼촌에게 물었다.

"정보는 구하셨어요?"

외삼촌이 나섰다.

"그게 말이다. 명군 안에서 선발로 나서서 그 악귀를 먼저 처치하는 군사에게 상금을 걸었다는구나. 용맹한 장수의 목을 먼저 쳐서 적의 사기를 떨어뜨리고 이쪽의 사기를 올린 뒤에 싸워 보겠다는 거지. 그런데 아무도 나서지 않아서 지금껏 머뭇거리고 있는 거야. 낯선 조선 땅에서 죽고 싶은 명나라 장수가 어디 있겠냐."

돌쇠는 그럴 줄 알았다는 듯이 고개를 끄덕였다.

듣고 있던 꽃분이가 돌쇠를 바라보며 물었다.

"너 혹시?"

"그래, 내가 할 거야. 명나라 진영에 들어가서 대장을 만나야겠어."

"이건 멧돼지 사냥이 아냐. 아버지랑 아저씨, 강쇠 오빠까지 죽인 전쟁이라고!"

"바늘을 던질 거야. 아버지와 형을 죽이고 이 나라를 이렇게 만든 왜놈들이 우리 마을에 버티고 있는 걸 보고만 있을 수는 없어. 명나라 군사가 이 땅 위에 저러고 있는 것도 싫다고!"

외삼촌이 나섰다.

"명군은 지금 이 허허벌판에서 목숨을 내놓고 싸우기가 부담스러워서 전투를 미루는 거야. 그렇다고 후퇴를 해서 한양으로 가는 길을 터 줄 수도 없으니 이러지도 못하고 저러지도 못하고 일단 뭉그적거리며 시간을 끄는 거지."

돌쇠는 꽃분이를 바라보며 말했다.

"넌 어머니한테 가."

돌쇠는 만에 하나라도 일이 잘못되어 어머니 곁에 꽃분이 마저 없을까 봐 두려웠다.

꽃분이는 돌쇠의 말을 들은 체도 않고 말했다.

"휴, 엄마가 왜 나한테 가 보라고 했는지 알겠다. 이건 무대포로 바늘만 던진다고 될 일이 아니야. 일단 작전을 짜야 해. 우리는 이쪽 지형을 누구보다 잘 알아. 유리하게 싸울 수 있어. 그러려면 일단 명나라 장수의 협조를 얻어야 해."

돌쇠와 꽃분이가 외삼촌을 바라보았다.

"난 이미 오래 살았다. 해 보자!"

외삼촌과 돌쇠, 꽃분이는 소사벌 일대를 그려 놓고 작전을 짰다.

그날 저녁, 날이 어두워진 틈을 타서 돌쇠와 꽃분이와 외삼촌은 명군의 진영으로 들어갔다. 진영의 입구를 지키던 군사의 눈을 피해 대장의 막사 근처에 도착했다. 막사 주위를 지키던 군사가 돌쇠 일행을 발견하고 막아섰다.

"누구냐?"

"대장을 만나러 왔다."

외삼촌은 명나라 말로 말했다.

유창한 명나라 말을 들은 군사는 경계를 풀고 돌쇠 일행을 위

아래로 훑어보았다. 명군의 눈에 보이는 것은 조선 옷을 입은 늙은이와 거지 그리고 절름발이였다. 더구나 모두들 제대로 먹지 못해 비쩍 말라 있었고 행색 또한 초라했다.

"조선 거지들이 여기가 어디라고 감히 찾아오느냐. 죽기 전에 썩 꺼져라!"

돌쇠가 소리쳤다.

"우린 대장을 만나러 왔다! 대장님, 나와 보세요!"

외삼촌이 돌쇠의 말을 명나라 말로 그대로 옮겨 소리쳤다.

꽃분이가 일부러 더 큰 소란을 일으키기 위해 소리를 지르며 가지고 온 자루에 있는 것을 집어 던졌다. 쇠붙이와 돌멩이들이 서로 부딪쳐 우다당탕탕 요란한 소리를 냈다. 그 소리에 놀란 군사들이 꽃분이와 외삼촌에게 달려들었다. 바깥이 소란스러워지자 막사 안에 있던 대장과 부하들이 밖으로 나왔다.

"내가 대장이다. 무슨 일이냐?"

"구걸하러 온 조선 거지입니다. 바로 쫓아내겠습니다."

군사가 잔뜩 긴장해서 소리쳤다.

명나라 대장은 해생이었다. 해생은 굳게 입을 다문 채 겁도 없이 자기 막사 앞까지 찾아온 조선인들의 행색을 살폈다. 해생은 지금 적을 코앞에 두고도 마땅한 전술을 펴지 못해 심기가 몹시 불편한 상태였다. 작은 소란이 가뜩이나 불편한 심기에 짜증까지 피어오르게 했지만, 사소한 일로 화를 내는 건 장수로서 위엄

이 서지 않는 소인배 같은 행동이었기에 짐짓 짜증을 눌렀다. 해생은 부하 장수에게 엄한 표정을 지어 보이고는 등을 돌려 막사로 들어가려 했다.

오히려 해생의 부하 장수가 지저분한 쓰레기를 본 듯 군사에게 소리쳤다.

"어서 치워라!"

군사는 서둘러 꽃분이와 외삼촌을 끌어내려고 했다.

외삼촌이 버티며 명나라 말로 소리쳤다.

"우린 거지가 아니오. 우리에게 전투에서 이길 비책이 있소."

'이길 비책'이란 말에 해생과 부하 장수들이 멈칫거렸다.

그 틈을 놓치지 않고 돌쇠는 외삼촌을 잡아끄는 군사의 손에 바늘을 던졌다. 그 옆에서 꽃분이를 잡고 있는 군사에게도 연달아 바늘을 던졌다.

"어이쿠!"

"어이쿠쿠!"

"아이고!"

여기저기에서 신음 소리가 터져 나왔다.

막사로 들어가려던 해생이 가까이에 있던 군사의 손을 들어 바늘이 꽂힌 자리를 들여다보았다. 한눈에 보기에도 서툰 솜씨가 아니었다.

해생이 돌쇠 앞으로 다가와 물었다. 해생의 몸은 군인으로서 전장에서 살아온 자의 단단함이 배어 있었다.

"무슨 일로 왔느냐?"

군사의 결박에서 풀려난 외삼촌이 명나라 말로 대답했다.

"왜군 부장의 목을 가져다드리겠소."

말없이 돌쇠를 노려보던 해생은 잠시 후에 돌쇠와 그 일행을 막사 안으로 들였다.

막사 안에서 작전을 들은 해생은 잠시 고민에 빠졌다. 빠르게 북으로 올라오는 일본군을 막으라는 명령을 받고 다급하게 내려왔다. 머뭇거리다가 다시 조선의 수도를 빼앗기고 일본군이 명의 요동 땅으로 들어서게 놔둘 거냐고 경리조선군무*에게 엄한 질책을 받았다. 해생은 서둘러 군대를 이끌고 남쪽으로 내려왔지만 몸을 숨길 산성도 없는 이 평야 앞에서 예상치도 못한 일본군과 떡하니 마주쳐 버렸다. 양쪽의 진군 속도가 그만큼 빨랐던 것이다.

자기가 가진 패를 다 드러내 놓고 벌판에서 싸워야 하는데 일본군은 의기양양했고, 명의 군대는 오랫동안 이동해 오느라 눈에 띄게 지쳐 있었다. 전세가 불리하면 사기라도 높아야 할 텐데

* 정유재란이 일어나자 명은 형개를 총독으로, 양호를 경리조선군무로 삼아 원군을 보냈다. 경리조선군무는 군사에 관한 일을 경영, 관리하는 직책이다.

지금은 불리한 전세에 사기마저 떨어져 있었다. 이긴다면 큰 공적을 쌓게 될 것이지만, 지면 엄청난 병력을 잃고 자신의 목숨도 장담할 수 없게 될 것이다.

해생으로서는 아무리 머리를 쥐어짜도 불리한 전투였다. 그래서 일단 저 기세등등한 일본군 부장의 목을 가져오는 자에게 상금을 내린다고 현상금을 걸어 놓고 작전을 고심하던 중이었다. 그런데 뜬금없이 전투의 전 자도 모를 법한 조선인 늙은이와 절름발이 그리고 말라비틀어진 거지가 와서 일본군 부장의 목을 가져다주겠다고 한 것이다. 그것도 이불이나 꿰매는 저까짓 바늘로 말이다. 이것은 해생의 운명이 달린 중요한 결정이었고, 일생일대의 도박이었다. 하지만 어쩌면 해생을 구해 줄 동아줄이 될 수도 있었다. 저것이 썩은 줄인지 생명 줄인지 그 판단은 해생의 몫이었다.

해생이 돌쇠에게 단호하고 간결한 조선말로 물었다.

"말은 타는가?"

돌쇠는 고개를 흔들었다.

"총은 쏘는가?"

돌쇠는 고개를 흔들었다.

"칼은? 활은?"

돌쇠는 고개를 흔들었다.

어이가 없다는 듯 해생의 입에서 명의 말이 튀어나왔다.

"그럼 말도 못 타고, 총도 못 쏘고, 칼도 활도 못 쓰는데 그깟 바늘로 이 전투에서 이길 수 있다 이건가?"

돌쇠는 고개를 끄덕였다.

해생은 가소로웠다. 활 잘 쏘고 싸움 잘한다는 동이족의 기백은 어디로 가고 이토록 오래도록 명의 도움을 바라는지, 조선을 이해할 수 없었다. 조선에 오기 전부터 기어이 수나라의 국력을 기울게 하고 당 태종을 끝까지 괴롭혔던 고구려의 용맹에 대해 자주 들어 왔던 터였다. 그 위용은 온데간데없이 사라지고 명군을 대하는 조선 관료들의 비굴한 태도를 볼 때마다 뼛속까지 무관인 해생은 경멸을 감출 수 없었다.

명의 수군도독 진린은 조선의 명장 이순신에게 붙어 성과를 다 가져와 승진을 할 게 분명했다. 그러나 자신은 어떤 전과를 올릴 수 있단 말인가. 저 조선인을 믿어도 될까? 해생은 허리춤의 칼집을 매만졌다. 이 칼을 꺼내 저 조선 절름발이의 목을 베도 뭐라고 할 사람은 하나도 없다. 그러나 만에 하나 승산이 있다면 어쩔 것인가? 전투가 끝나고 죽여도 충분하다. 묘하게 저 조선 절름발이의 몸에서 무관의 기운이 느껴졌다. 그것은 손에 칼을 쥐고 평생을 전장에서 살아온 무장으로서 느끼는, 말로 설명할 수 없는 날카로운 촉이었다. 그러나 해생이 진짜 가소로웠던 이유는 대명 제국의 장수로서 이렇게 큰 칼을 옆에 차고도 저 손바닥만한 바늘에 의지할 수밖에 없는 자신의 처지였다.

흔들리는 해생의 눈빛을 읽은 외삼촌은 더욱 자세히 작전을 설명했다.

돌쇠는 아무 말도 하지 않고 바늘만 만지작거렸다. 돌쇠는 해생이 외삼촌의 말을 듣는 와중에도 날카롭게 자기 바늘을 살펴본다는 것을 알았다. 해생은 강렬한 눈빛으로 돌쇠의 온몸을 공격했고, 돌쇠는 다 받아 냈다. 해생과 돌쇠의 말없는 기세 싸움이었다.

그때 돌쇠가 갑자기 바늘을 들어 해생을 향해 던졌다. 해생은 반사적으로 몸을 피한 뒤 칼을 뺐다. 주변에 있던 군사들이 느닷없이 날아온 바늘에 놀라 칼을 빼어 들었다. 잠시 후 명나라의 장수들은 해생이 앉아 있는 옆의 막사 기둥에 커다란 뱀의 머리를 꿰뚫은 바늘이 꽂혀 있는 것을 보았다. 해생도 칼을 든 채 바늘에 꿰여 기둥에 매달린 뱀을 바라보았다.

돌쇠의 바늘 던지기 실력을 의심할 게 빤한 명나라 장수를 안심시키기 위해 돌쇠 일행이 미리 잡아 온 뱀이었다. 외삼촌과 돌쇠가 명나라 장수와 이야기를 나누는 동안 꽃분이가 명나라 장수들의 눈을 피해 해생 근처에 슬쩍 뱀을 풀어놓았다. 물론 그 사실을 아는 사람은 돌쇠와 외삼촌, 꽃분이뿐이었다.

죽은 뱀을 바라보던 해생이 고개를 돌쇠에게 돌렸다. 해생은 돌쇠를 바라보고 단호하게 말했다.

"좋다. 이 작전대로 한다."

해생의 명령을 들은 부하 장수들이 수군거렸다.

해생은 손을 들어 조용히 시키고, 돌쇠를 바라보며 말했다.

"네가 일본군 부장의 목을 가져온다면 약속한 대로 포상을 하겠다."

돌쇠 일행은 서둘러 준비에 들어갔다.

꽃분이는 돌쇠의 키와 몸집에 맞게 수레를 고쳤다.

"내가 조선 최고의 대장장이 방갑돌의 무남독녀 외동딸이라고. 앞과 옆에 철 방패를 달 거야. 조총이 날아오면 이쪽으로 몸을 숨겨야 해. 철 방패 때문에 수레 무게를 최대한 가볍게 줄일 거야. 작고 빨라야 왜군이 쫓아오면 빨리 후퇴할 수 있으니까. 그래도 이 수레로 말 탄 장수를 따돌릴 순 없어. 최대한 정확하게 한 번에 끝내고 안전한 곳까지 돌아와야 해. 알았지?"

수레를 고치는 동안 꽃분이의 말은 수다스러울 정도로 많았다. 이 많은 말은 조용할 때 파고드는 두려움을 극복하고자 하는 꽃분이의 방패막이였다.

20
소사벌에 선 바늘장군

모든 준비를 마친 돌쇠는 새벽 일찍 당산에 올라갔다. 소사벌 주변에 살던 사람들이 모셨을 할머니 돌미륵 앞에서 두 손을 모아 기도를 드렸다. 언제부터 이 자리에 있었는지 모르는 할머니 미륵의 둥글둥글한 얼굴에 굴 안에 있는 어머니와 장골 할아버지, 숨죽이고 숨어 있는 마을 사람들의 얼굴이 스며 있었다.

"할머니, 부디 할머니 자식들을 보살펴 주세요!"

할머니 미륵의 눈가에 눈물이 매달려 있었다. 새벽이슬이 맺힌 것이겠지만 돌쇠에게는 깊숙한 곳에서 올라온 할머니의 굵은 눈물 같았다.

조금 더 위로 올라가자 참나무 한 그루가 눈에 들어왔다. 이곳을 지키는 할아버지나무였다. 돌쇠는 할아버지나무 옆에 서서 소사벌을 내려다보았다. 여름이면 황해에서 밀려온 바닷물이 넘쳐 모래를 토해 내 소사(素沙)벌이라고 불렀다. 하얀 모래라는 이름처럼 곡식을 생산해 낼 수 없는 황무지였다. 가뜩이나 근래에는 비가 오지 않아 소사벌의 하얀 땅이 더욱 마르고 단단해졌다. 논밭으로 일구기에는 쓸모가 없겠지만 말과 수레를 타고 싸우기엔 좋은 조건이었다.

돌쇠는 소사벌 너머 영인산 방향으로 눈길을 돌렸다. 임진년에 전쟁이 일어나기 전까지 부모님과 형은 들판에서 일을 하고 자신은 논두렁에서 바늘을 던져 참새를 잡던 그 땅이 보였다. 고된 일을 마치고, 잡은 참새를 망태기에 담아 웃으며 함께 걸어가던 논길도 눈에 선했다. 돌쇠네 가족의 생명 줄이던 땅에서 지금 일본군과 명군이 싸우려 하고 있다. 아버지와 형 그리고 어머니의 웃음소리가 돌쇠의 머릿속에서 떠나지 않았다.

멧돼지 사냥을 가던 날, 형이 하던 말이 아직도 귓가에 생생했다.

"산이 그냥 만들어진 것 같지만 각자 다 자기 길이 있어. 토끼가 다니는 길이 있고, 너구리가 다니는 길이 따로 있어. 사람도 함부로 짐승들 길로 가지 않지……. 멧돼지는 자기 길을 벗어나 우리 길에 뛰어 들어왔어. 그래서 잡는 거야. 우리도 살아야 하니까."

동생을 나무 위에 올려놓고 기도하던 형의 마음을 돌쇠는 이제야 알았다. 돌쇠 귀에 이젠 아련해진 형의 목소리가 들렸다.

"할아버지, 우리 돌쇠를 부탁드립니다. 잘 보살펴 주세요!"

돌쇠는 눈을 들어 옆을 바라보았다. 두 손을 모아 할아버지나무에 절을 하고 있는 형의 모습이 보였다. 멧돼지를 잡아 떠들썩하게 잔치를 벌이는 마을 사람들도 보였다. 멧돼지를 묶어 목도를 메고 내려오는 동네 청년들과 돌쇠를 업고 내려오는 형, 풍물을 치며 웃는 아버지, 바가지를 등에 집어넣고 꼽추춤을 추는 꽃분이 아버지와 환하게 웃는 마을 사람들이 보였다. 따끈한 전을 꼬질꼬질한 손으로 집어 가는 어린아이의 손등을 수저로 때리는 동네 아주머니와 웃으며 전을 담아 아이들에게 슬쩍 건네주는 어머니가 보였다. 멧돼지를 죽인 충격으로 볼이 홀쭉해진 돌쇠 입에 들기름 내가 솔솔 나는 부침개를 밀어 넣던 꽃분이도 보였다. 그 옆에서 웃던 형의 얼굴이 눈이 부시게 환했다.

돌쇠에겐 그 평화가 너무 아득했다. 그 아득함에 눈이 부셔서 저도 모르게 두 눈에서 눈물이 흘러내렸다. 전쟁의 불길 속에서 다 타 버리고 지금 돌쇠 곁에 남은 것은 동굴 안에 누워 있는 어머니와 겁에 질려 숨죽이고 숨어 있는 마을 사람들이었다. 그 살아남은 생명을 지키고 싶어서 돌쇠는 바늘을 들기로 결심했다.

"할아버지, 이제야 알겠어요. 최선을 다해 살아남는 게 제가 할 수 있는 충이에요. 부디 우리와 이 땅을 보살펴 주세요!"

돌쇠는 할아버지나무에 합장을 하고 허리를 깊이 숙였다.

어디선가 바람이 불어왔다. 돌쇠는 고개를 들어 하늘을 올려다보았다. 화창한 하늘에 나뭇가지가 살살 흔들렸다. 돌쇠의 눈에는 멧돼지의 공격으로 땅에 떨어질 뻔한 어린 자신의 옷자락을 잡아 주었던 그 억센 나뭇가지와 다르게 보이지 않았다.

돌쇠가 명군 진영에 들어섰을 때는 이미 전투 준비를 마친 상태였다. 이번 전투는 산성을 두고 뺏고 빼앗는 싸움이 아니라 양쪽이 허허벌판에서 모든 걸 다 드러내 놓고 싸우는 전투였다. 서로 부담이 커서 섣불리 시작하기가 힘든 싸움이라 해생은 결정을 내려 놓고도 불안했다.

해생이 돌쇠에게 말했다.

"구로다의 선봉장인 악귀를 처치한 다음 넌 최대한 빨리 다리까지 와야 한다. 거기에 네 목숨이 달려 있다. 만약 실수한다면 네 목숨은 악귀가 휘두른 일본도에 날아갈 것이다. 만약 악귀를 물리쳤다 해도 여기까지 못 온다면 조총에 맞아 죽을 것이다. 악귀의 목을 치고 여기까지만 오면, 그 뒤 마무리는 우리 명의 기마대가 맡는다. 이건 널 걱정해서 하는 말이 아니고 명령이다."

해생이 부하들에게 말했다.

"이자에게 가장 작고 가벼운 갑옷을 입혀라!"

"필요 없습니다. 몸이 가벼워야 합니다."

해생은 이 작은 조선인 청년의 기개와 배짱이 마음에 들었다. 체격이 작은 데다 절름발이였지만 강한 기운을 느낄 수 있었다. 돌쇠가 죽는 것을 보고 싶지 않았던 해생이 돌쇠를 노려보며 다시 한 번 말했다.

"전투는 살아 숨 쉬는 생물이다. 어디서 어떤 변수가 나타날지 모른다. 이미 시작한 뒤엔 그 생물이 어디로 튈지 알 수 없는 법이다. 넌 일본도가 네 목에 닿기 전에, 적이 쏘는 조총이 네 가슴을 꿰뚫기 전에 여기까지 와라. 이것은 명령이 아니라 부탁이다!"

명군의 기마병은 꽃분이가 이끄는 대로 소사다리 밑으로 숨어들었다. 소사다리는 비가 많이 오면 떠내려가던 다리였다. 임금님이나 고관대작들이 온양행궁에 오면 일대의 모든 백성이 다리를 다시 세우는 데 동원되곤 했다. 가뭄으로 다리 밑은 메말라 있었다. 말 탄 기마병이 숨기에 좋은 조건이었다. 더구나 둑에 거친 풀이 잔뜩 자라 있어서 적들은 숨어 있는 군사를 볼 수 없었다.

돌쇠의 작전은 이랬다. 우선 돌쇠와 최소한의 명나라 정예 부대로 꾸린 선발대가 일본군 앞으로 나선다. 돌쇠가 구로다의 부하 장수인 악귀의 눈에 바늘을 던지고, 명군의 수가 작은 것을 얕잡아본 일본군이 반격해 오면 돌쇠와 정예 부대는 다리 쪽으로 후퇴하는 것처럼 보이게 한다. 돌쇠와 선발대가 소사다리 가까이 오면 다리 밑에 있던 명의 기마병이 달려 나가 적을 섬멸하는 것이다.

돌쇠는 악귀에게 바늘을 던지고 맨 먼저 소사다리까지 와야 했다. 명의 선발대에는 싸우는 것처럼 보이면서 돌쇠가 다리까지 후퇴하는 동안 엄호하는 데 주력하라는 임무가 주어졌다.

명군이 소사벌을 앞에 두고 대열을 정비했다. 명군 진영이 소사벌에 자리를 잡자, 먼저 도착한 악귀가 이끄는 일본군의 선발대가 말을 타고 명나라 진영 쪽으로 다가오기 시작했다. 일본군이 슬슬 싸움을 걸어왔다. 멀리서도 악귀의 모습이 선명하게 보였다. 악귀는 온몸에 빈틈없이 갑옷을 둘렀고, 얼굴에 무시무시한 가면을 썼고, 이는 새까맣게 물들였다. 악귀라는 별명에 딱 어울리는 모습이었다. 악귀는 명나라 장수의 목을 날려 명군의 기선을 제압하기 위해 앞으로 나선 것이다.

명군은 기다렸다. 악귀가 최대한 가까이 올 때까지 기다렸다. 명군의 무리 안에 있던 돌쇠의 눈에도 악귀의 모습이 선명하게 들어왔다. 예상대로 가면의 두 눈 구멍은 정확하게 뚫려 있었다. 눈 구멍을 뚫지 않으면 가면을 쓸 수 없는 건 당연했다. 더구나 가면의 시뻘겋고 울긋불긋한 색깔 때문에 눈 구멍이 더 잘 보였다. 가까이 다가가면 두 눈을 더욱 분명하게 구별해 낼 수 있을 것이다. 돌쇠에게는 청신호였다.

명군 진영에서는 돌쇠가 수레를 타고 앞으로 나갔다. 말 두 마리가 끄는 수레를 보고는 명군 진영 내부에서조차 어이없다는 듯 웅성거리기 시작했다. 돌쇠가 탄 수레가 앞서 나가고 그 뒤를 해생과 부장들이 선발로 따라나섰다. 작은 수레에 선 왜소한 체격의 열여섯 살 돌쇠는 뒤에 선 갑옷을 입고 말 탄 명나라 군인과 비교돼 더욱 초라해 보였다. 돌쇠는 한 마리의 작은 원숭이 같았다. 돌쇠는 손에 아무것도 들지 않았다. 조선인이 잘 쓰는 활도 들지 않았고, 칼도 차지 않았다.

잠시 후, 일본군 선발대 진영에서도 이해할 수 없다는 듯 웅성거림이 일어났다. 멀리서는 수레에 탄 존재가 보이지 않고 말만 보였으나 점점 가까이 다가오자 수레에 탄 갑옷도 입지 않은 작은 존재를 알아본 것이다.

"저게 뭐야?"

"저게 원숭이란 건가?"

"명군이 왜 원숭이를 내보냈지?"

웅성거림 속에서 앞으로 나선 악귀가 수레에 탄 존재를 알아보고 소리쳤다.

"이제 명나라 군대도 별 볼 일 없어진 모양이구나! 제대로 된 장수를 내보내라!"

잠시 후에 자신만만해진 악귀가 말을 타고 일본군 진영으로 돌아가서 자신의 대장인 구로다에게 머리를 숙여 인사를 했다. 전투가 시작된 것이다.

악귀는 말 머리를 돌려 돌쇠가 탄 수레를 향해 달려왔다. 악귀의 뒤에서 스무 명 정도 되는 일본군 군사가 천천히 말을 몰고 다가왔다. 악귀가 먼저 공격을 하면 뒤따라 공격하겠다는 뜻이었다. 명군 진영을 향해 달리는 악귀는 갑옷에서 번쩍번쩍 빛이 났고, 색색의 가면은 기괴했고, 짐승의 털이 바람에 휘날려 더욱 무시무시해 보였다. 명군의 사기를 떨어뜨리기에 충분한 모습이었다.

그 모습을 가까이에서 본 해생은 자신의 선택이 과연 옳았는지 잠시 의심에 빠졌다. 아무리 바늘을 잘 던진다고 해도 저렇게 작은 소년이 감당하기 어려운 조건이었다. 한눈에 봐도 상대는 전장에서 잔뼈가 굵은 일본 사무라이였다. 해생은 자신이 궁지에 몰린 나머지 무리수를 둔 것은 아닌지 걱정이 되었다. 저 작은 소년이 실패하면 자신이 나서서 악귀의 목을 베야 했다. 어차피 전면전을 피할 수 없는 싸움이었다. 해생은 고삐를 더욱 세게 그러쥐었다.

해생과 선발대가 속도를 늦추자 돌쇠는 말을 더욱 세게 몰아 악귀를 향해 앞으로 나섰다. 악귀도 말을 거세게 몰아 혼자 앞으로 나섰다. 이제 돌쇠와 악귀, 단둘의 싸움이 시작됐다. 말을 타고 달리던 악귀는 칼날이 긴 일본도를 빼들었다.

돌쇠는 한 손에는 수레를 끄는 말고삐를 쥐고 한 손에는 바늘을 쥐었다. 돌쇠는 움직이는 물체에 과녁을 만들었다. 악귀의 왼쪽 눈을 향해 바늘을 깊게 던져서 두개골 사이를 관통하도록 해야 한다. 기회는 단 한 번. 만약 실패한다면 돌쇠에게 두 번의 기회는 없다. 그사이에 날이 긴 일본도가 돌쇠의 목으로 날아들 것이기 때문이다. 돌쇠는 수레의 속도를 줄여 안정되게 달렸다.

"그래, 와라. 가까이, 더 가까이."

너무 멀리서 던지면 힘이 빠져 깊이 파고들지 못한다. 가장 가까운 거리에 왔을 때 허리와 어깨 힘을 모아 가장 깊숙이 파고들 수 있도록 던져야 한다. 악귀가 높이 쳐든 일본도가 빛을 받아 더욱 날카롭게 번쩍였다.

돌쇠는 바늘을 들어 올려 표적이 더욱 선명해지길 기다렸다. 그때 뒤에서 바람이 불었다. 돌쇠의 머리카락이 흩날렸다. 바람이 돌쇠에게서 악귀 쪽으로 불고 있다. 갑자기 바람이 세차게 밀려왔다. 이 바람이 바늘에 힘을 더욱 세게 실어 줄 것이다.

'지금이야!'

돌쇠는 숨을 멈췄다. 그러곤 바늘 한 개를 악귀의 왼쪽 눈을 향해 세게 날렸다.

일본군 진영에서는 돌쇠의 움직임을 제대로 볼 수 없었다. 다만 자신들의 부장이 칼을 빼 들고 잠시 가만히 멈추었다가 칼을 휘두르는 모습을 보았다. 그러나 악귀의 몸놀림이 좀 달랐다. 평소에 악귀는 칼을 빼 들고 번개같이 달려들어 적의 목을 벴기 때문이다. 그들은 두 개의 바늘이 연달아 악귀를 향해 날아갔다는 것도 알아챌 수 없었다.

잠시 후, 악귀가 휘두른 칼이 돌쇠를 치지 못하고 돌쇠의 머리 위에서 허공을 가로지르다 땅에 떨어졌다. 악귀는 앞으로 고꾸라지며 말에서 떨어졌다. 악귀의 몸이 땅으로 떨어지는 것을 확인한 명군 진영에서 함성이 터져 나왔다. 악귀의 뒤에서 대기하고 있던 일본 장수들은 그제야 사태를 눈치채고 말을 타고 전속력으로 뛰어나왔다. 악귀가 왜 고꾸라졌는지 제대로 알지도 못한 채 달려 나온 것이다. 돌쇠는 일본군을 향해 바늘을 연달아 던졌다. 칼을 빼 들고 달리는 일본군 장수들이 차례로 말에서 떨어졌다. 그러나 문제는 돌쇠가 수레의 방향을 돌려야 한다는 것이었다. 이 속도로 가면 제 발로 일본군 선발대 사이로 들어가는 격이 된다.

이 순간을 기다렸다는 듯이 명나라 선발대가 빠른 속도로 치고 나왔다. 돌쇠는 속도를 줄인 수레를 명군 진영 쪽으로 방향을 돌렸다. 꽃분이가 빠르게 달리다가 방향을 돌리면 다리가 불편한 돌쇠가 튕겨 나갈 것이라며 조심하라고 신신당부를 했다. 돌쇠는 꽃분이의 말이 옳았음을 깨달았다. 속도를 줄인다고 줄였는데도 수레를 돌릴 때 엄청난 충격이 왔다. 돌쇠의 몸이 수레의 철 방패에 부딪쳐 엄청난 고통이 밀려와 정신이 아찔했다. 만약 철 방패가 없었다면 그냥 수레 밖으로 튕겨 나가고 말았을 것이다. 돌쇠는 어금니를 깨물고 말고삐를 더욱 세게 그러쥐었다.

돌쇠는 소사다리를 향해 힘차게 말을 몰았다. 엄청난 속도 때문에 몸이 휘청거렸다. 고삐를 더욱 거세게 틀어쥔 돌쇠는 말을 몬다기보다 거의 끌려갔다. 이제 돌쇠의 목숨은 두 마리 말이 얼마나 빨리 소사다리까지 가느냐에 달렸다. 그때 명군의 선발대가 함성을 지르며 돌쇠를 지나 옆으로 나아갔다. 이를 본 명군 진영에서 함성을 더 크게 울렸다.

명나라 해생의 기병들과 일본군의 칼이 부딪치는 소리가 소사벌에 울려 퍼졌다. 일본군과 명군의 기병전이 벌어진 것이다.

명나라 부장이 외쳤다.

"퇴각하라!"

이 외침과 함께 명군의 기병이 말을 돌려 후퇴하기 시작했다. 승리를 예감한 일본군이 함성을 지르며 명나라 진영 쪽으로 더욱 깊숙이 진격해 왔다.

돌쇠가 소사다리 근처에 다다랐을 때는 일본군의 기병들이 명군 선발대의 뒤를 바짝 따라잡은 상태였다. 돌쇠가 나타나자 다리 밑에 숨어 있던 명군 기마병들이 기다렸다는 듯이 튀어나왔다.

명의 지원군이 쏟아져 나오자 도망치는 듯했던 명군의 선발대가 돌연 방향을 돌려 일본군과 다시 맞붙었다. 적이 작전에 말려든 것을 알고 더욱 의기충천한 명군이 강하게 반격했다. 잠시 후, 승패가 갈렸다. 일본군이 서서히 밀리기 시작했다. 말에서 떨어지고 칼에 베인 일본군의 시체가 수북했다. 명군이 일본군을 밀어붙이자 조총 소리가 들리기 시작했다.

조총 소리가 신호라도 되는 듯 명군 기마대가 퇴각했다. 기마대가 명군 진영으로 들어서자 명군에서도 대포로 대응 사격을 시작하였다. 양쪽 진영에서 한바탕 사격전이 이어졌지만 그리 길지 않았다. 벌판에서 벌이는 사격전은 서로에게 득이 될 게 없는 싸움이었다.

용맹한 부장과 많은 군사를 잃은 일본군이 후퇴를 시작했다. 일본군의 조총 대응을 염려한 명군은 일본군을 끝까지 밀어붙이지 않았다.

일본군이 물러나자, 해생은 부하들에게 일본군의 목을 거둬오라고 시켰다. 일본군의 시신 중에 구로다의 부장이었던 악귀가 제일 먼저 눈에 띄었다. 악귀를 비롯해 십여 구의 사체에는 눈에 커다란 바늘이 뒤통수까지 꽂혀 있었다. 돌쇠가 던진 바늘이 관통한 것이다.

소사벌 전투에서 승리한 해생은 돌쇠 일행을 불렀다.

처음의 냉랭했던 태도와 달리 해생은 돌쇠의 손을 덥석 잡았다.

"너를 나의 부장으로 삼겠다. 나와 함께 무공을 쌓자!"

통역을 하던 삼촌이 놀랐다. 자기가 들은 말이 사실인가 의심스러웠다. 그것을 눈치챈 해생이 정확하게 돌쇠에게 전달하라는 듯이 다시 한 번 또박또박 힘 있게 말했다.

"내가 너를 부장으로 삼겠다."

지금 다리가 불편한 자기 조카가 명나라 장수로부터 군인이 되라는 제안을 받은 것이다. 외삼촌이 떨리는 목소리로 전했다.

"돌쇠야, 지금 대장이 너를 부장으로 삼겠다는구나!"

돌쇠가 차분하게 말했다.

"고맙지만 사양하겠습니다."

해생은 이 정도의 조선말은 충분히 알아들었다. 해생은 이해할 수 없다는 표정이었다.

"나와 함께 싸우다 명나라로 가자. 부와 명예를 약속하겠다."

"아닙니다. 전 여기서 살겠습니다."

해생은 다시 군인으로 돌아와 단호하게 말했다.

"좋다. 약속은 지킨다. 만약 네가 나의 부장이 되지 않겠다면 오늘 있었던 전투는 오로지 우리 명군의 것이다. 이 전투에 대한 기록 그 어디에도 너의 이름은 밝히지 않을 것이고 원숭이를 풀어 적진을 교란시켰다고 할 것이다. 그래도 좋으냐?"

"나에게는 이름을 남기는 것 따위는 중요하지 않습니다. 우리 부모가 그랬던 것처럼 이 땅에서 살 겁니다. 언젠가 이 자리에 또다시 적이 쳐들어와도 아버지와 내 형이 그랬던 것처럼 이 땅을 지켜 낼 겁니다. 다시 집을 짓고 땅을 일구며 대대손손 이 자리에서 살겠습니다."

삼촌의 통역을 듣고도 해생은 한참 동안 돌쇠를 뚫어지게 바라보았다. 잠시 후, 해생은 돌쇠의 강한 의지를 읽어 내고 병사에게 명령했다.

"가서 보고하라. 나 해생이 원숭이를 시켜 적들을 교란시킨 뒤에 전투에 나가 이겼다고! 적의 목은 소금에 절여 상자에 넣어서 진상토록 하라!"

해생은 돌쇠를 향해 한 손을 내밀었다.

돌쇠가 해생의 손을 잡았다.

해생은 오랜 전우와 헤어지는 듯한 아쉬움을 감추지 않고 돌쇠의 손을 맞잡았다.

"잘 있으시오, 김돌쇠 장군. 내가 당신의 이름을 기억하겠소."

소사벌에서는 다음 날까지 작은 전투가 이어졌다. 밀리기를 반복하던 일본군이 남쪽으로 남하하기 시작했다. 명군의 승리였다. 명군의 목표는 일본군이 한양으로 올라가지 못하게 막는 것이었다. 명군은 더 많은 피해를 보며 무리하게 일본군을 추격할 이유가 없었다. 해생의 부대는 퇴각하는 일본군을 쫓으며 천천히 남쪽으로 내려갔다.

소사벌 전투가 끝나자마자 돌쇠와 꽃분이는 어머니를 모시러 서둘러 산 위로 올라갔다. 돌쇠를 본 어머니는 희미하게 웃었다. 장골 할아버지와 마을 사람들은 왜적이 물러났다는 소식을 듣고 산을 내려갈 준비를 하였다.

돌쇠는 할아버지나무 밑에서 마을을 내려다보았다. 일본군이 밟고 지나간 마을은 새까맣게 탄 채 재가 되어 있었다. 그러나 그 마을을 다시 일으켜 세울 사람들이 살아남았다.

돌쇠는 그동안 품에 지니고 다녔던 천 조각을 꺼냈다. 아버지와 형이 남긴 천 조각은 6년이라는 시간이 지나는 동안 붉다 못해 거무스름해졌지만 아비와 아들을 뜻하는 두 글자만은 여전히 남아 있었다. 돌쇠는 할아버지나무의 가지에 천 조각을 정성스레 매달았다. 천은 햇살을 받고 바람을 맞으며 가지 위에서 흔들렸다.

다음 해인 1598년, 이순신 장군은 철수하는 일본군을 쫓아가 치른 노량해전을 승리로 이끌고 전사했다. 이 전투를 마지막으로 7년 동안 이어진 전쟁은 끝났다.

이야기의 싹이 자라 나무가 되었듯이!

처음엔 우연히 시작된 줄로만 알았다. 10년 전에 나는 마을의 작은 도서관에서 사서를 맡아보았다. 목요일 저녁이면 건강원을 운영하는 김혁배 선생님이 마을 사람들과 '생활 속 한방' 이야기를 나누는 모임이 열렸다. 우리 땅에서 나는 약초의 효능과 유래는 역사 이야기로 넘어갔고, 역사 이야기는 어느새 임진왜란으로 흘러갔다. 그러면서 김혁배 선생님은 자신의 아버지에게, 아버지는 그 아버지에게 전해 들었다는 이야기를 해 줬다. 1597년 정유재란 때 평택 소사벌 전투에서 다리가 불편한 조선 청년이 바늘로 일본군을 물리쳤다는 짧은 이야기였다. 처음엔 황당무계한 무협지로 듣고 넘겼다. 김혁배 선생님은 자신은 이 전설이 사실이라고 믿어 의심치 않는다며 이 이야기를 많은 사람이 알 수 있게 소설로 써 달라고 집에까지 찾아왔다. 나는 웃어넘겼다. 직업이 작가라고 하면 많은 사람에게 자기 이야기를 쓰면 소설책으로 몇 권이고, 자신이 만난 아이들 이야기는 동화책으로 몇 권이란 소리를 허다하게 듣기 마련이다. 그러나 모든 이야기가 다 작품으로 만들어지지는 않는다. 작가가 품고 사는 흙이 그 씨앗을 받아들일 준비가 되어 있어야 한다. 사실 싹을 틔우는 씨앗보다 흙 속에서 스르르 사라져 버리는 씨앗이 훨씬 많다. 많아도 너무 많아 툭하면 자괴감에 빠질 정도이다.

2010년 강원도 원주의 토지문화관에서 최종선 화가를 만났다. 이야기를 나눌수록 군인의 느낌이 나는 화가였다. 최종선 화가는 다리가 불편했지만 굉장한 에너지를 뿜어냈다. 웃어넘겼던 돌쇠가 떠올랐다. 다리가 불편해도 바늘로 일본군을 물리친 돌쇠의 현실 속 역할 모델을 만난 것이다. 이야기의 싹이 트기 시작했다.

자료 조사에 들어갔다. 역사를 공부하며 조선에 놀란 것이 기록이었다. 조선은 전쟁 중에도 비교적 상세한 기록을 남겨 놓았다. 물론 전쟁의 특성상 많이 파손됐지만 전후 복원에 상당한 노력을 기울인 흔적이 역력했다. 더구나 이순신 장군은 전쟁 중에도 일기를 써서 《난중일기》를 남겼고, 임진왜란의 실질적 책임자였던 유성룡은 전쟁이 끝난 뒤에 반성의 의미가 담긴 《징비록》을 썼다. 전투 중에도 파발마를 통해 장계가 빠른 속도로 오고 갔다. 그런데 정유재란의 소사벌 전투에 대한 기록은 상대적으로 부족했다. '왜 이 부분은 많은 자료를 남기지 못했을까?' 그 순간 찌릿한 전기가 온몸을 타고 올라왔다. 돌쇠가 실제로 소사벌 전투에 참여했고, 전투 후에 성과를 명이 가져가기 위해 누락시켰을 수도 있겠다는 가능성을 감지한 것이다. 이야기의 개연성이라는 줄기가 올라오기 시작했다.

그렇게 시작한 임진왜란 자료 조사는 1년을 넘겼고, 어렵게 초고를 완성했는데도 뭔가가 자꾸 목말랐다. 그때 내 눈에 들어온 것이 남산 자락에 있는 공부 공동체 감이당에서 '임진왜란과 동아시아'라는 주제로 함께 공부하자는 공지였다. 석 달이면 끝날 줄 알았는데 그 공부가 해를 넘겨 2년이 흘러갔다. 임진왜란을 조선, 명, 일본의 시선으로 기록한 자료들을 공부해 나갔다. 그제야 목마름이 조금 가라앉았다. 임진왜란은 조선 땅에서 벌어진 동아시아 3국의 전쟁이었다. 조선만의 문제로는 절대 임진왜란을 이해할 수 없었던 것이다. 이야기는 1년생이 아니라 나무로 자라기 시작했다. 나이테가 켜켜이 앉아 가는 느낌이 들었다.

그러다 보니 시간은 계속 흘렀고 원고를 완성하고도 목마름이 완전히 사라지지 않았다. 답사를 가서 소사벌 전투 현장을 내 눈으로 직접 보고 싶었다. 충청남도 직산문화원과 경기도 평택시청 등에 물어물어, 드디어 평택 해광중학교 역사 선생님이자 향토사학자인 김해규 선생님 연락처가 손에 들어왔다. 중동호흡기증후군, 즉 메르스가 평택을 훑고 지나간 2015년이었다. 전날까지 엄청나게 내리던 비가 답사를 약속한 날 오전이 되면서 서서히 잦아들기 시작했다. 새벽에 일어나 쏟아지듯 내리는 폭우를 보며 1592년 임진년에도 유난히 비가 많이 왔다던데 이것도 인연일까 생각했다. 잦아드는 비를 맞으며 김해규 선생님은 정유재란 당시 소사벌 전투가 벌어졌던 소사벌과 그 주변을 안내해 주셨다. 김해규 선생님은 자기가 사는 곳에 대한 애정이 어떤 것인지 몸소 보여 주었다. 2년이 더 걸려 원고를 다듬고 나자 꼼꼼한 감수까지 해 주셨다.

그동안 나는 아주 우연히 1970년에 태양계의 세 번째 행성인 지구의 대한민국이라는 나라에 태어난 줄 알았다. 내가 부모를 선택해서 태어난 것도 아니고, 이 나라를 선택해서 태어난 것은 더더욱 아니기 때문이다. 그러나 《바늘장군 김돌쇠》를 쓰면서 내가 이 땅에서 싹을 틔우고 자라기 위해 얼마나 많은 존재가 눈물겹게 살아왔는가를 깨달았다. 내 부모와 그 부모의 부모가 묵묵히 그 자리에서 힘겹게 버텨 낸 결과의 산물이 바로 나였다.

'돌쇠 이야기'가 큰 그늘을 가진 나무로 자랐다면 그것은 그동안 내가 만나 온 사람들의 숨결이 담겨 있기 때문이다. 응원하고 도와준 이들은 든든한 버팀목처럼 받쳐 주었고, 소리 없이 도와준 이들의 노고는 이야기 안에 고스란히 밑거름으로 남아 있다.

나의 부모님은 한국 전쟁을 치러 냈고, 나의 조부모는 일제 식민지 치하에서 3·1운동을 겪었다. 나의 증조부모는 개화기를 겪었을 테고, 나의 고조부모는 세도 정치와 민란의 시대를, 그 선조들은 임진왜란을 살아 냈을 것이다. 400년 전의 역사가 멀게 느껴지지 않았다. 그렇다면 이후의 400년도 그다지 먼 미래만은 아닐 것이다. 내 앞의 사람들이 이 땅에서 최선을 다하며 자기 길을 걸었듯이 나도 지금 내 자리에서 최선을 다하고 있다. 그것은 자연스레 미래 세대에 대한 믿음으로 옮겨 갔다.

지금 힘겹게 10대와 20대를 보내고 있을 청춘들에게 응원을 보낸다. 청춘들이 우리의 숲을 더욱 울창하게 만들 것이라고 믿어 의심하지 않는다. 과거의 어느 시간 못지않게 치열하게 역사를 살아 낼 것을 믿게 만드는 씨앗 또한 여러 번 보았다. 돌쇠의 이야기가 싹을 틔울 때 초등학교에 갓 입학했던 큰아이는 이제 고등학생이 되었다. 제법 당찬 목소리로 어른 세대에 일갈을 가하기도 한다. 나는 그것이 우리가 열심히 살아온 결과라고 여기기에 흐뭇하기만 하다.

새봄을 맞이하며
아산시탕정온샘도서관에서 하신하

역사의 진정한 주인공은 누구인가?

- 하신하 작가의 《바늘장군 김돌쇠》에 부쳐

전쟁의 원인은 탐욕이다. 전쟁은 생산력이 발전하면서 시작되었다. 좀 더 많은 것을 소유하려는 욕망은 침략과 약탈로 나타났다. 계급 사회의 출현도 착취를 통한 사유 재산의 확대가 목적이었다. 전쟁과 약탈은 야만(野蠻)의 시대보다 생산력이 비약적으로 발전한 산업 혁명 이후 더욱 심하게 나타났다. 선진 자본주의 국가들은 물질적 욕구 충족을 위해 아시아와 아프리카, 아메리카를 침략하고 수탈했다. 국가 권력에 의해 수용되고 변질되어 나타난 종교 전쟁은 더욱 참혹했다. 냉전 체제에서의 전쟁은 종교 전쟁보다 더 참혹한 결과를 가져왔다. 이념은 탐욕과 종교적 신념보다 비인간적이리만치 냉혹하고 치열했다.

임진왜란은 제국주의 침략 전쟁과 닮았다. 도요토미 히데요시가 후계 구도의 불안 요소를 극복하고 전국 시대를 통일한 뒤 나타난 정치적 불안 요소를 제거하기 위해 전쟁을 벌였다면, 봉건 영주들은 침략 전쟁으로 얻을 수 있는 경제적 이익을 위해 참전했다. 탐욕으로 얼룩진 전쟁은 악랄하고 참혹하다. 상대국에 대한 최소한의 존중과 도덕성을 찾아보기 힘들다.

평택 지역은 왜란(倭亂)과 호란(胡亂)의 피해를 가장 많이 입었던 지역이다. 역사상 선한 전쟁이란 없었지만 탐욕으로 점철된 왜란의 피해는 상상을 초월했다. 평택 지역이 전쟁의 피해를 많이 입게 된 것은 조선 시대 삼남대로(6대로)와 충청수영로(8대로)가 지나는 지역이었기 때문이다. 현대전(現代戰)도 마찬가지지만 왜란 당시에도 도로망을 중심으로 군대가 이동하고 전투가 벌어졌다.

평택시 소사 1동은 삼남대로(三南大路)의 대표적인 역원이었던 '소사원(소초원)'이 설치되었던 마을이며 경기도에서 충청도로 넘어가는 관문이었다. 그래서 평화 시에도 왕의 행차와 시인 묵객들의 발길이 잦았던 곳이며 마을 앞에는 소사장도 개장(開場)되었다. 소사원 앞으로는 안성천의 지류인 소사천이 흘렀다. 소사천에는 소사교라는 목교(木橋)가 놓였으며 시인 묵객들은 다리 위에 올라 아름다운 풍광을 노래했다.

소사벌은 소사천과 안성천 사이에 펼쳐진 벌판이다. 이 벌판은 안성천과 소사천을 따라 밀려 들어온 바닷물과 서운산에서 흘러내린 물줄기가 토해 낸 모래와 토사로 형성되었다. 왜란 당시까지만 해도 소사벌은 달밤이면 흰 모래가 버석버석 울어 대는 모래벌판이었다. 정유재란의 소사벌 대첩은 이 벌판에서 전개되었고, 3백 년 뒤 청일 전쟁도 같은 장소에서 시작되었다.

　전쟁에서 가장 큰 피해를 입는 것은 군대가 아니라 민간인들이다. 전쟁은 수많은 민간인 살상을 동반한다. 민간인들은 참전하여 죽기도 하지만 대부분 이유도 모른 채 죽임을 당한다. 삼남대로가 지났던 평택시 소사동과 유천동, 안성천 건너 천안시 성환읍의 안궁리, 가룡리 사람들이 그렇게 죽어 갔다. 그들이 내놓은 목숨뿐만이 아니었다. 마을과 집이 불타고 논밭이 황폐해지며, 때로 여성들은 능욕을 당하기까지 했다. 평택 지역에는 예로부터 '아산이 무너지나 평택이 깨지나!'라는 말이 전해 온다. 고래 싸움에 새우 등이 터질 때, 상관없는 싸움에 민중들이 고통을 겪을 때, 하늘을 올려다보며 자탄하는 민중들의 울음소리다.

　소사벌 대첩은 왜란(倭亂)의 육전(陸戰) 3대첩으로 회자된다. 세간에는 권율의 행주 대첩이 많이 알려졌지만, 행주 대첩은 명군(明軍)의 평양성 탈환이나 김시민의 제1차 진주성 전투 그리고 소사벌 대첩과는 달리 전쟁의 향방을 바꾼 전투는 아니었다. 전투는 소사 1동 앞으로 흐르는 '소사천'이라는 냇가를 사이에 두고 전개되었다. 이날의 전투는 기병과 보병으로 구성된 4천의 명나라 군대가 구로다 나가마사(黑田長政)의 왜군 6천에 맞서 여섯 차례의 대회전을 벌인 끝에 대승을 거두었다. 이 싸움에서 패배한 왜군은 북상을 포기했다. 또 4일 뒤에는 진도 울돌목의 명량 대첩으로 일본 수군의 북상마저 가로막혔다.

《바늘장군 김돌쇠》는 하신하 작가의 역작이다. 작가는 소사벌 대첩을 씨줄로, 전쟁의 고통을 강인한 의지와 잡초 같은 생명력으로 극복한 민중들의 삶을 날줄로 삼아 소설을 써냈다. 바늘장군 김돌쇠는 국난 극복 과정에서 민중들의 염원을 안고 태어난 '아기장수'다. 필자는 작가가 작품을 통해 말하려는 의도, 작가의 역사관에 전적으로 동의한다. 나라에 큰일이 있을 때 기록되고 회자되는 것은 몇몇 지배층과 전쟁 영웅들이지만 승리의 실질적 주인공은 이름 석 자조차 기록되지 않는 민초들이라는 주장에 감동한다. 작가는 꼼꼼한 문헌 조사와 현장 답사를 통해 왜란을 이겨 내기 위해 온몸을 던졌던 민중들의 삶을 객관적이면서도 능란한 필체로 복원했다. 민중이 역사의 진정한 주인공이며, 기록되지 않은 민중의 삶은 이런 방식으로 복원할 수 있다는 하나의 전범을 보여 주는 것 같다. 이것이 작품의 가장 큰 미덕이며 가치다. 다음 작품은 어떤 내용일지, 작가의 시선과 역량이 어디로 펼쳐질지 무척 궁금하다.

김해규
(평택지역문화연구소장)